落ちこぼれ[★1]魔法使いは、今日も無意識にチートを使う
Ochikobore [☆1] Mahoutsukai wa, Kyo mo Muishiki ni Cheat wo Tsukau....
8
右薙光介
Presented by Kousuke Unagi

主な登場人物
Characters
ナナシ
アストルの使い魔。
体の大きさを
自在に変えられる。
アストル
最低ランク☆1のアルカナを
授かってしまった少年。
『先天能力《インヒーレント》』により、
魔法を自在に使いこなす。
ユユ
物静かな魔法使いの少女。
アストルを慕い、
彼の心の支えになっている。
ミント
ユユの姉。
陽気な性格でパーティの
ムードメーカー。
大剣を軽々と振り回す。

ビジリ
アストル達に何かと
世話を焼いてくれる行商人。
ナーシェリア
エルメリア王国の第一王女。
その美しさは宝石に
たとえられる。
レオン
超人的な力を持つ
自称記憶喪失の
不思議な少年。
チヨ
エインズ
レンジュウロウ
アストルとパーティを組む仲間達

親と子

北の大国モーディア皇国を後ろ盾にした第二王子リカルドのクーデターにより、エルメリア王国は混乱の渦中《かちゅう》にあった。

アルカナの☆の数こそ人間の価値と見做《みな》すモーディアと、その背後に潜む過激思想集団『カーツ』の影響により、☆が低い者を狩り立てる人間狩りまで横行している始末だ。

連中が言うところの〝無価値な☆1〟の魔法使いである俺——アストルが、反抗組織《レジスタンス》を率いてバーグナー領都ガデスを取り戻してから三日が経った。

久方ぶりの休息日となったこの日、俺はパーティメンバーのミントに〝魔法を見てほしい〟と誘われて、懐《なつ》かしき『バーグナー冒険者予備学校』を訪れていた。

「やけに大人数になっちまったな」

周りを見回して他人事のように呟《つぶや》いたのは、我らがパーティのリーダーにしてラクウェイン侯《こう》爵《しゃく》家《け》の次男であるエインズだ。

久しぶりに足を踏み入れる予備学校の訓練場には、学生はもとより新領主となったミレニアや、その護衛《ごえい》であるオリーブ、第三等冒険者の〝鋼鉄拳《こうてつけん》〟ガッツなど、錚々《そうそう》たる面子《メンツ》が揃《そろ》っていた。

よくよく訓練場を見やると、俺達反抗組織《レジスタンス》が担《かつ》いでいる第一王女ナーシェリアまで、変装して紛《まぎ》れ込んでいる。

……とんだ御前試合だ。

皆に注視されて、訓練場の中央で向かい合う二人のうち一人は、この予備学校の卒業生で新進気鋭《しんしんきえい》の貴族であるリック・ヴァーミル卿《きょう》。もう一人は、普段纏《まと》っている完全鎧《フルプレート》を脱いで身軽な格好になったミントである。

二人とも自分の得物に近い形状の木剣――重さも調整してある――を、確かめるように試し振りしている。

「なぁ、なんでリックなんだ？」

お祭り気分で焼きイカを片手に持ったエインズが、俺に顔を向けた。

「さあな。同じ前衛同士、思うところでもあったんじゃないか？」

二人とも戦闘系のスキルを持つ生粋《きっすい》の戦士だ。

それに年齢も近い。ライバル心に似た何かがあるのかもしれない。

「願掛けをしていると聞きました」

そばに来たミレニアが中央を見据《みす》えたまま俺に応えた。

「願掛け？」

「☆5のミントさんに勝って、自信をつけたいそうです。内容までは教えてくれませんでしたが」

「リックが願掛けね……」

それが何かを思案するうちに、審判役を務める小人族《レプラカン》の斥候《スカウト》スレーバが、旗《はた》を直上に掲げる。あれが振り下ろされた時、試合開始だ。

「……」

「……」

しばし、睨《にら》み合う時間が流れ……旗が振り下ろされた。

先に動いたのは、リックだ。まだユニークスキルの【隼《はやぶさ》の如《ごと》く】は使っていないようだが、充分に速い。鋭《するど》い踏み込みと同時に、回避しにくい横薙《よこな》ぎの一閃《いっせん》を放つが……ミントはバックステップを使って、紙一重《かみひとえ》でそれを躱《かわ》す。

ん……？

動きが良すぎる。鎧を脱いだミントの動きが軽快なのは知っているが、それにしてもあの鋭い一閃を初見で回避するのは難しいのではないだろうか。

反撃とばかりに大剣を逆袈裟《ぎゃくげさ》に振り上げたミントの一撃を、リックは木剣と盾でもって、さらりと受け流す。

「リックの奴、相変わらず器用なことすんな。ミントの斬撃を流せる奴ってのも、なかなかいないぞ」

「速度重視なので、回避と受け流しはアイツの得意分野だからな」

「アストルの戦い方に、ちょっと似てる、ね？」

俺の恋人で、ミントの双子の妹でもあるユユが呟いた感想に、思わず苦笑がこぼれた。

それはそうだ。何しろ俺に小剣《ショートソード》のイロハを叩き込んだのは、他ならぬリックなのだから。

「しかし、今日のミントは……妙に落ち着いておるの？」

いつの間にやら俺達の後ろに陣取っていた狼人族《コボルト》の侍――レンジュウロウが、違和感を口にした。

同じことを考えていた俺は、ユユの膝でポップコーンを貪《むさぼ》る小さな悪魔に尋ねる。

「ああ、魔法を使った戦闘と聞いたが……ナナシ、何を教えたんだ？」

「吾輩はあの娘に合った方法を教えただけだよ。何も詠唱だけが魔法ではないだろう？」

そう言って目を細める悪魔《ナナシ》を見ると、何かあくどいことを教えたんじゃなかろうかと思えてくる。

幾度《いくど》かの攻防の後に、いよいよリックが【隼の如く】を発動して、速度を上げた。

こうなったら、ミントでは動きが追えない……はずだったのだが、対応している。

「どうなっているんだ」

「魔法、かかってるのかな？」

俺とユユは二人して首を傾《かし》げた。

ミントの動きは、魔法による強化を受けたものとほとんど遜色《そんしょく》ない。状況に合わせて無詠唱で身体強化を行うのは俺の戦い方に少し似ているように思える。

「ここだ……ッ！」

隙と見たリックが木剣を振りかぶった瞬間――大きな破裂音と共に閃光《せんこう》が訓練場を包んだ。

数秒して、眩《まぶ》しさで閉じた目を開くと、リックの首筋に木剣を添えたミントが得意げな笑みを浮かべていた。

「驚いた……無詠唱で〈閃光《フラッシュ》〉と〈猫騙し《クラップ》〉を――それも実戦で効果的に使用するなんて。なんだかミントじゃないみたいだ」

「アストル、言いすぎ」

ユユに窘《たしな》められてしまったが、俺はこの意外な展開にいささか頭がついていかなかった。

ミントは普段から狂戦士の雰囲気《ふんいき》を纏わせて、野性的《ワイルド》な戦い方をする。

隙をついての一撃離脱、あるいはパワーにまかせた正面からの打ち合いが、彼女の戦い方なのだ。

それが突然このように魔法の構成を念頭に置いた戦い方をしたとあっては、この紳士ぶっている悪魔に何かされたんじゃないかと少し心配になってしまう。

「……一体どうやったんだ？」

「ご自分で試してみては？」

慇懃無礼《いんぎんぶれい》に悪魔《ナナシ》は嗤《わら》う。くそ、こういうところは性悪《しょうわる》な悪魔そのものだな。

「アストル、見てた？」

ミントは訓練場からこちらに駆け寄り、満面の笑みを見せる。

「ああ、すごいな。どうやったんだ？」

「んふふー、秘密〜」

ミントにまで……！

「おい、総大将！　仇《かたき》を取ってくれ！」

爽《さわ》やかな笑顔のリックが、訓練場の中央から俺に向かって叫《さけ》んだ。

……おいおい、俺が反抗組織《レジスタンス》を率いているのは非公開じゃなかったのか。

案の定、ざわめきと共に訓練場中の視線が俺に集まる。

「あいつ……☆1の退学者じゃなかったっけ？」

「あの若い奴が総大将？」

「☆1だろ……？　マジかよ」

なんて、あまりよろしくないヒソヒソ声が訓練場に満ちた。これ、後で大問題になるんじゃないか？

「そうね、アストルともやりたいわ……でも、その前に」

どこか獰猛《どうもう》に笑ったミントが再び訓練場の真ん中に駆けていき、声を張り上げる。

「先にアタシとやりたいって人は、今すぐ出てきなさい！　アストルとやる準備運動代わりに相手したげるわ！」

またそうやってお前は、周りの連中の俺への敵対心を煽《あお》る！

「わかったわかった。やろう、ミント。ちょっとばかり興味もあるしな」

立ち上がる俺に、訓練場全ての視線が突き刺さった。目立つのは本意ではないが、どうせ引っ込みがつかないのなら、ケガ人が出ないうちに俺が舞台に上がった方がいい。

「いつかのようにはいかないわよ」

自信ありげに笑うミントに誘われて、俺は中央へと向かう。

久しぶりに味わう訓練場の踏み固められた土の感触が、予備学校時代のことを思い出させた。

「お、頼むぜ、相棒」

「期待しないでくれよ、俺は魔法使いなんだ。基本に忠実にやるだけさ」

すれ違いざま、リックと拳を打ち合わせて笑い合う。

この感じも、予備学校以来だな。

「魔法の小剣《オーティア》を使ってもいいわよ？」

「まさか。初心に戻って俺も木剣でやるよ」

苦笑する俺に、リックが一振りの小剣《ショートソード》を投げてよこす。

細かい傷がついており、柄《つか》には小さく〝アストル〟と名前が書かれている。俺が訓練で使っていたものだ。まだ残っていたなんて……。

「準備はいいかの？」

スレーバが、俺とミントを交互に見やる。

ほどほどの距離でミントと向かい合った俺は、無詠唱で自分に強化魔法を重ね掛けしていく。

そうでもしないと、一瞬で勝負がついてしまうしな。

今のミントに通用するかは不明だが、いつかの模擬戦のように〈転倒《スネア》〉もばら撒いておいた。さらに〝黙唱《サイレントキャスト》〟で〈反応装甲《リアクティブ・アーマー》〉も付加して、俺は木剣を握《にぎ》りなおす。

「どうぞ」

「いいわ」

俺達の言葉に頷《うなず》いたスレーバが高々と掲げた旗を……振り下ろした。

「てぇぇいッ！」

開始早々、ミントが踏み込み一閃、ダイナミックな斬り下ろしを放ってくる。

完全に〈転倒《スネア》〉を見切った足運びだ。

「おっと……〈感電《ショック》〉」

木剣の先から小さな電撃を放って牽制《けんせい》するが、ミントは構わず体当たりじみた接近戦を仕掛けてきた。抵抗《レジスト》されてしまったようだ。

とはいえ、斬り下ろし自体は見えている。体を半歩逸《そ》らせてそれを避ける。

その瞬間、訓練場がざわりとした空気に包まれた。

「甘いわ！　今のアタシにいつもの小細工は通用しないわよ」

「俺に勝ち目はなさそうだ」

泣き言を言いつつ、距離を稼《かせ》ぐ。

完全な接近戦でミントと戦うのはさすがに無理がありすぎるからな。

跳《と》び退《すさ》った直後、俺の体に何かしらの魔法が放たれたのがわかった。

少ない魔力《マナ》による低レベルな魔法のため、容易に抵抗《レジスト》したが、おそらく〈鈍足《スロウ》〉か〈拘束《ホールド》〉あたりの、動きを阻害する魔法だろう。

ミントが無詠唱で放ったのか……？　なんて厄介な。

抵抗《レジスト》できたからよかったものの、こんな切羽《せっぱ》詰《つ》まった戦闘で動きを鈍《にぶ》らされれば、あっという間に決着をつけられてしまう。

「なら、俺も……ッ」

トに浴びせる。

〈鈍足Ⅰ《スロウ》〉と〈拘束Ⅰ《ホールド》〉、それに〈麻痺Ⅰ《パラライズ》〉を発動待機《ストック》して、【反響魔法《エコラリア》】による追撃も交えてミン
……が、どれもこれも抵抗《レジスト》されてしまった。

レベルは俺の方が上で、かつミントは魔法的抵抗力が比較的低かったはずだが。

もしかすると、魔法を使って対策しているのかもしれない。

「☆5には☆5の強みがあるのよッ！」

「俺には強みしかないように聞こえるけど……!?」

ミントは矢のように飛び込んできて、勢いよく木剣を横薙ぎにする。

絶対寸止めするつもりないだろ、これ。

「く……ッ！」

なんとか回避したものの、今のは本当に危なかった。当たれば肋骨《ろっこつ》くらいはポキリといってもおかしくない。

まったく……それならこっちにも考えがあるぞ！

威力調整した〈魔法の矢《エネルギーボルト》〉を可能な最大数で発動待機《ストック》し、【反響魔法《エコラリア》】も使用して一気に放つ。

計十発もの〈魔法の矢《エネルギーボルト》〉がミントを打ち据《す》えるはずだったが……彼女は不敵な笑みを浮かべながら、それを大剣でブロックする。

訓練場が大きくざわついた。

そりゃそうだろう。こんなのをもらって、ほとんど無傷なんて……軽く化け物じみているぞ。

「雪辱《せつじょく》を果たして、今度こそ言うことを聞いてもらうわ！」

「皿洗いさせられたのを根に持っているのか！」

振られる大剣を小剣で受け流し、その勢いを利用して転がり移動《ドッジロール》する。

〈反応装甲《リアクティブ・アーマー》〉はまだ起動していない。

……仕方ない、これを利用して隙を作るか。

いや、待てよ？　ここは負けた方がいいのか？

以前、俺がうっかり完封したせいで、ミントを落ち込ませてしまった。

こんな衆人環視《しゅうじんかんし》の中、☆5の彼女が☆1の俺に負けるようなことがあってはならないだろう。

「顔に出てるわよ！」

眉間《みけん》にしわを寄せたミントが、〈迅速《クイック》〉でも掛けたかのような速度で迫る。

魔法道具《アーティファクト》の指輪の力か……？　いや、ミント自身の魔法だと考えた方がいい。

「わざと負けたら、許さないわよ……！」

「そうそう勝てるようには、思えないけどな……！」

連続で振られる怒涛《どとう》の斬撃をなんとか避け切って、バックステップする。

追い詰められているのは確かだ。

さすが☆5。レベルは俺の方が高くとも、能力はミントの方が研《と》ぎ澄《す》まされているような気がする。

「アタシが勝ったら、一日言うこと聞いてもらうからね！」

「約束が違う!?」

まずいな、一体何をさせられるかわかったもんじゃない。なんとか勝利して、また皿洗いでもしてもらうとしよう。

瞳に【狂化】の紅《あか》い光を灯《とも》して、ミントが殺気を膨《ふく》れさせる。

これで決めに来るつもりか!

「ふ……ッ!」

短い気合と共に、ミントが猛烈な速度で跳躍《ちょうやく》する。

……が、狙いはわかっているので、俺は逆に一歩前に出て、あえてその斬撃を左腕で受ける。

〈反応装甲《リアクティブ・アーマー》〉が反応して、ミントがたたらを踏む。

ほんの一瞬だが、充分だ。

俺は大剣ごとミントの腕を絡めとり、彼女の体に腰を密着。そのまま全身を回転させる。

突然の行動に抵抗もできずに、ミントがふわりと浮く。

地面に叩きつけられる直前に〈落下制御《フォーリングコントロール》〉を発動して、そのままゆっくりと下ろした。

「よし、今日の皿洗いはミントだな」

「む……ずるいわ。普通に負かしちゃうなんて」

「ほら」

ミントが俺の顔に触《ふ》れながら、少し頬《ほお》を膨らませて笑った。

「ありがと」

俺はミントの手を引っ張って助け起こし、軽く一礼して木剣を所定位置に立てかけた。

手に馴染《なじ》んだ〝これ〟があったからこその勝利と言えるかもしれない。

俺の血と汗が染みた、もう一本の愛剣とも言える存在。

「リック、なんとか勝ったぞ」

「相変わらずブレねぇな」

リックと笑いあって、軽くハイタッチする。

しかし、周囲のざわめきは収まらない。

よくよく考えれば危ない場面はいくつかあったのだから、そこで〝降参する〟と言えばよかったのではないだろうか。
☆1が☆5に勝利するなんてあってはならないし、ありえないはずの状況だ。
ミントが手を抜いたとみんなが考えてくれればいいのだが。

後悔《こうかい》しながらも、周囲の声に耳を傾《かたむ》ける。

「おいおい、本当にあれがあのアストルなのか」

「☆1だろ？　どうやったらあんな動きができるんだよ」

「詠唱なしで魔法を連射してたぞ!?　☆1ってそんなことできるのか!?」

しまった。ここまでいろいろありすぎて、すっかり気を抜いていた。

無詠唱も発動待機《ストック》も軽々《けいけい》に見せるべきではなかったのに……どうも、最近の俺は不注意すぎる。

騒ぎが大きくなる前に、ミントとリックと共に休憩所代わりの控室へと引っ込む。

「また負けちゃったわ。今度は普通に、負けちゃったわ」

備え付けられたベンチに座り込んだミントが、大きく息を吐き出した。

愚痴《ぐち》をこぼす彼女に苦笑して、その頭をなでる。

「また皿洗いを頼むから、覚悟しておいてくれ」

ミントはえへへ、と一瞬顔を綻《ほころ》ばせたものの、すぐに眉根《まゆね》を寄せて俺に食って掛かる。

「ずるいわ！　アタシだって魔法が使えるようになったのに、どうして負けちゃうのかしら」

「それだよ。一体どうやったんだ？　危ないことはしていないだろうな？　無断でナナシに魂《たましい》を売ったりしてないか？」

戦闘時における魔法の効果的利用は、俺が目指したミントという戦士の完成形でもあったはずだが、自分で相手をすればその脅威《きょうい》がよくわかる。彼女が敵でなくてよかったと、心底思った。

正直、魔法を無詠唱で使われるのがこうも恐ろしいとは……

しかし……いくら、高位魔族の手ほどきがあったからとて、たった二、三日で解決されるとは思いもしなかったな。

「ん？　ナナシって誰だ？」

リックの問いに応えるように、ポンッとやけに軽快な音を立てて俺の肩にナナシが現れる。

「吾輩《わがはい》を呼んだかね？　若きドラゴンスレイヤー」

ポップコーンを抱えたまま、コミカルな風を装《よそお》っているが、短距離とはいえ軽々しく〈異空間跳躍《ディメンションジャンプ》〉しないで頂きたい。リックが腰を抜かしそうだ。

「おわッ！　なんだこいつ!?」

「俺の使い魔だよ。悪魔のナナシ」

「悪魔ぁ……？　おいおい、正気か？　アストル」

「最近正気かどうか自分でも疑ってるが、成り行きでそうなったんだ。注意しつつ仲良くしてやってくれ」

俺の紹介を受け、ナナシはシルクハットを取って芝居《しばい》がかった礼をする。

「しかし、まぁ……ミントさんが魔法を使ったのは、コイツの仕業《しわざ》ってことか？」

「半分正解だね。ただ、吾輩はやり方を教えただけで、原因は主《マスター》にある」

黄色い目を細めて、ナナシがカタカタと笑う。

「俺に？」

「奥方……ミント様は、性質が非常に主《マスター》に似ているのだよ。ただ、魔法を使うための素養は備わっているが、魔法を操るための教養がなかった」

「つまり……？」

ナナシは小さくため息をついて、俺の質問に答える。

「詠唱を保持するだけの集中力と知識がいささか足りない。主《マスター》の女の趣味をとやかく言うつもりはないが……少しばかり短慮《たんりょ》で、有《あ》り体《てい》に言えば頭が悪い」

ミントがあからさまにショックを受けた顔になっている。

俺が誤魔化《ごまか》し誤魔化ししてきたところを、よくもハッキリ言ってくれたものだ。

どうしてくれる、後でフォローが大変だぞ。

「――なので、東方の巫術《ふじゅつ》に近い魔法式の形成法を教授したのだよ。奥方の〝伝承魔法〟に紛れ込ませる形で魔法を会得してもらい、特定の動きと呼吸法で魔法式を構築できるように、夢の中で訓練させてもらった。夢の世界の方が、ずっと精神に近い場所だからね」

得意げな様子でナナシが語ったその内容は、理論としてはわかる。

ミントは一時期、俺と完全に同化していた。俺の☆1としての魔力親和性がある程度備わっていてもおかしくはない。これはミントが『後天的能力《アクワイアド》』を獲得した時に、ほぼ確信に至っていたことだ。

「おかげでいくつかの魔法を使えるようになったわ。無詠唱じゃなくって……アストルの黙唱《サイレントキャスト》に近いものだけどね」

「☆5の力を持ったプチ・アストルなんて、ぞっとしねぇな……」

「何よ、リック！　もう一回叩きのめしてあげてもいいのよ？」

「勘弁してくれ」

リックが苦笑して返す。

その様子からは、特に今回の願掛けが失敗したといった哀愁《あいしゅう》を感じない。

「なぁ、リック……」

声を潜《ひそ》めて肩を組み、控室の端《はし》へとリックを連れていく。

「なんだよ」

「一体、どんな願いをかけてたんだ？」

「ん？　ああ。好きな女を口説《くど》くための戦果が欲しかったんだよ」

けろりとした様子で、リックが告げた。

世界の危機を救った〝竜伐者《ドラゴンスレイヤー》〟が、これ以上どんな戦果を欲するというのか。

「なかなか吹っ切れるもんじゃないぜ。オレも〝お嬢さん〟もな」

お嬢さん――ミレニア。その言葉に、少しばかりショックを受ける。

そんなこと、今までおくびにも出さなかっただろ、お前。

……いや、ニブいニブいと言われる俺だから、きっと気が付いていなかっただけに違いない。

「いつからなんだ？」

「初めて会った時から」

どうやら俺は本当にニブいらしい。

親友で、相棒と思っていたリックの、ミレニアへの気持ちに全く気が付かなかった。

「ったく……お前のせいで、絶賛難航中だ。なんのために貴族になったかわかったもんじゃないぜ」

貴族になってミレニアと添《そ》い遂《と》げる――かつて俺が目指していた道を、リックが歩んでいる。

そのことがどうにもむず痒《がゆ》くて、なんと声をかけたらいいかわからない。

だが、リックなら上手くやるという確信があった。何せ、この男はすでに相応《ふさわ》しい場所に立っているのだから。

「ねぇ、男二人でなにコソコソやってんのよ」

ミントが怪訝《けげん》な顔でこちらを見る。

「なんでもない」

そう笑って、俺はリックの背中をポンと叩く。

親友とミレニアが幸せになればいいと、心から思った。

◆

——数日後。

偵察に出ていた斥候《スカウト》のチヨの帰還に合わせて、会議が開かれた。

彼女からもたらされた情報は、あまり良いものではなかった。
☆1の人間が南方のクシーニへと続々と流れてきている点からもある程度は予想していたが……
ここから北、☆1に出会うことはもうないだろう。

「……以上となります」

「『☆1狩り《シングルスナッチ》』か」

チヨの報告を聞き、俺はため息と共に呟いた。

なるべく平静を保つようにはしているが、許しがたいという気持ちが心の奥底で揺らめく。

「はい。王都とその周辺地域では、半《なか》ば合法化され……一般市民もそれに参加している有様です。

また、モーディア皇国軍の存在も確認できました」

「軍だと⁉」

会議を仕切るラクウェイン侯爵が驚きの声を上げた。

いずれそうなるだろうと考えてはいたが、動きがあまりに早すぎる。

「皇帝直下の第二師団が首都エルメリア周辺に待機しているようです。グラス首長国連邦がこれに対して緊張を高めており、近日中に戦闘状態になるかもしれません」

「第二師団の情報は？」

俺の質問に頷いて、チヨが報告書を束《たば》ねたものを机に置く。

「詳細はこちらに。第二師団は占領地の占有と支配を得意とする軍団です。ですので……」

「エルメリア王国の実効支配を強めるのが目的ってことか」

「その可能性が高いです」

俺が挟んだ言葉を、チヨが肯定した。

もう、時間がないな。もしグラスと戦端が開かれでもしたら、リカルド王子はさらにモーディア皇国との結びつきを強くするだろうし、対外的にもあの国との協力関係に意味が出てきてしまう。

リックが何かを思いついたように、チヨを見る。

「なぁ、チヨさん。オレの名前を使って、グラスに間諜《かんちょう》を送り込むことはできるか？」

「はい、可能です。人数的にはそう多くありませんが……」

「数はいらないよ。スピードと確実性で勝負だからさ」

そこまで言って、リックが俺とラクウェイン侯爵に目配《めくば》せをする。

「反抗組織《レジスタンス》の『竜伐者《ドラゴンスレイヤー》』リック・ヴァーミルからのお手紙ってことで、迂闊《うかつ》に動かないように手紙を書く。できるだけ早くグラス上層部に届くように手配してくれ」

「では、私も一筆したためさせてもらおう……いや、いっそバーグナー卿とレンジュウロウ、アストル君を併せて連名にしてしまおう。貴族三名とウェルスの〝賢人《けんじん》〟二名の連名であれば、かの国でもそれなりに丁重に扱ってくれるはずだ」

ラクウェイン侯爵の提案に俺が首肯したのを見て、チヨが話を続ける。

「それと……不確定ですが、王の幽閉先情報が、先行している密偵から上がりました」

「本当かね！」

「はい、場所は……旧シェラタン・デザイアとのことです」

王都の地下に広がる、攻略された元ダンジョン。

いまだ稼働中の区域もあるという、エルメリア王国建国にまつわる巨大な迷宮。

そんな厄介な場所に王を幽閉しているというのか。

「ナーシェリアを王に立てる作戦と並行して、現王を救出する手も打たないとダメか」

「アストル君の言う通りだな。しかし、まずはリカルド王子を玉座から引きずり降ろさなければならんがね」

ラクウェイン侯爵がにやりと笑う。

……とはいえ、そちらの準備はすでにおおよそ整っている。

エルメリア王国では、建国王エルメリアの盟約により、選挙によって『王』が選ばれる。

立候補の資格はその血筋を継ぐ者であれば誰でもよい。それ故《ゆえ》に、王子達は自分がいかに次の王に相応しいかを、投票権を持つ貴族にアピールする必要がある。王権を揮《ふる》うには、貴族達から王として選ばれねばならないのだ。

逆に、貴族はどの王子が次のエルメリアの王になるか、推し量る必要がある。

領民と納税の多い高位貴族ほどその一票は重い。

——これは比喩《ひゆ》ではない。貴族達が行なう投票には重さが存在する。

王を選定する儀式の際、貴族達に集められた民衆の支持や忠誠心は、『王の秤《おうのはかり》』と呼ばれる特別な魔法道具《アーティファクト》によって重みを量られるのだ。

初代エルメリア王その人が、大迷宮『シェラタン・デザイア』から持ち帰ったこの魔法道具《アーティファクト》によって、エルメリア王国は成り立っている。

しかし、今回は違う。

選定の儀式なくして玉座に座るリカルド王子は、まだ王ではない。

有力貴族達から一定の支持を得られれば、選定の儀式によってナーシェリアを王に据えることは充分に可能だ。その準備は、すでにラクウェイン侯爵がしてくれている。

それに、そもそもナーシェリアの人気は非常に高い。彼女が王として立つとなれば、民衆から寄せられる支持は相当な重みになるだろう。

「王都、王城に乗り込んで選定の儀式を行えば、王権はナーシェリアに宿るはずだ」

ラクウェイン侯爵の言葉に頷きつつも、俺は懸念を口にする。

「ですが、動きが早い。ナーシェリア王女殿下のことは伏せておくべきだったかもしれませんね」

ナーシェリアの名は、ガデス《ここ》を奪還《だっかん》するのに使ってしまった。

リカルド王子に知れるのも時間の問題だろう。

で、あれば……必要なのは、安全な地盤だ。

「よし、ラクウェイン領を取り返して、侯爵にお返ししよう。日和見《ひよりみ》を決め込んでいる貴族にも良いアピールになるだろうし」

現在、ラクウェイン侯爵の領地は長男でエインズの兄であるラディウスの手に落ちている。

俺の提案に、レンジュウロウとエインズが賛同を示す。

「ふむ……。少しばかり危ないが、仕方ないかのう」

「バカ兄貴にあそこを任せとくのもマズいしな」

王都直近の領地を取り返し、堂々と名乗りを上げて王の選定を宣言すれば、リカルド王子は逃げられないはずだ。そうやすやすとやらせてはくれないだろうが。

「で、アストル君。プランは？」

当然のように話を振らないでほしいが、もちろん考えていることはある。

「攻略部隊を三部隊編制します。まずは、先行してラクウェイン領都《マルセル》に向かう部隊。次に、ナーシェリアを護衛して、ラクウェイン領都《マルセル》まで移動する部隊。そして、大きく先行して『シェラタン・デザイア』で現王を探す部隊です」

リカルド王子が現王を生かしているのには、何か理由があるはずだ。

王位を簒奪《さんだつ》するにあたり、現王を殺してはならない理由が。

それはおそらく、王の選定に関わることか、あるいは王家の秘密……『超大型ダンジョンコア』である『シェラタン・コア』に関することに違いない。

となれば、その身柄をこちらで押さえるという手段はかなり有用になるはずだし……現王が玉座に戻ればおよそ解決する問題も多い。

「シェラタン・デザイアには母さん達が行くわ」

俺の計画を聞いて真っ先に名乗り出たのは、母のファラム。〝業火の魔女《ブレイズウィッチ》〟ファルメリアとして知られる伝説級冒険者だ。

「たった三人で?」

「充分よ。それに、王都に一人仲間がいるから」

笑顔で頷く母に小袋を一つ放り投げる。

中身は色鱗竜《カラードドラゴン》〝白師《ハクシ》〟から譲り受けた『ダンジョンコア』がいくつか。

「任せたよ、母さん。気を付けて」

「あら、この子ったら。母さん、はりきっちゃう」

母は目を細めて朗《ほが》らかに笑う。

この人が何か失敗するところなんて、想像もつかない。きっとなんとかしてくれるだろう。

「じゃあ残りの二部隊を振り分けていこう、まずは――」

◆

「ここまでは問題なしだな」

澄み渡る青空の下、小規模な商隊に偽装した俺達は、二台の馬車に分乗して街道を一路北へと走っている。

「問題らしい問題がなかったってのも不気味なんだがな」

俺の向かいに座るエインズが、目深《まぶか》にかぶった帽子の下に苦笑を滲《にじ》ませる。

その隣《となり》で肩を揺らして笑っているのは、汚いフード付きローブをすっぽりとかぶったラクウェイン侯爵だ。

「やれやれ、ラディウスめ……。我が息子ながらここまで頭の働きが悪いとは思わなかったがね」

「これ、ジェンキンス。我が子をそう悪《あ》し様《ざま》に言うものではないぞ」

レンジュウロウに窘められてもラクウェイン侯爵はどこ吹く風だ。

だが、侯爵の意見は正しいと思える。

何せ、潜伏する間諜によると、ラディウスは自分の父親《ラクウェイン侯爵》が自ら変装して乗り込んでくるなど全く想定していないらしい。大々的に反抗組織《レジスタンス》を率いて乗り込んでくると考えているのだ。

……まあ、普通の貴族であれば、正々堂々と名乗りを上げ、自らの正当性と大義を掲げて正面から軍をぶつけ合うだろう。高位貴族にはそういったプロモーションじみた戦いが必要な時もあるし、ラクウェイン侯爵が領主として返り咲くにはそれが適切だと考えてもおかしくはない。

だが、ラディウスはいくつか思い違いをしている。

ラクウェイン侯爵はエインズに似ている――いや、逆だ。エインズワース・オズ・ラクウェインがジェンキンス・オズ・ラクウェインに似ている。

つまり、ラクウェイン侯爵ジェンキンスという男は、荒唐無稽《こうとうむけい》で泥仕合をも辞さない冒険者に近い思考の持ち主であり……目的と手段をはき違えない強《したた》かさを持っているのだ。

ラディウスはそこを見落としていた。

実際、俺達は全く警戒されていない。領境などを超える際に検問じみた調べを受けることはあっても、いずれも緩やかなものだった。

御者《ぎょしゃ》をしているレンジュウロウが〝積み荷は捕まえた☆1だ。ラディウス様に献上しに参った〟と答えると、確認もせずに素通りさせる警備兵すらいた。

〝貴族らしい貴族〟として教育されて育ったラディウスとその配下達には、侯爵その人がボロ布を纏って乗り込んでくるなど、思いもしないのだろう。

「ふむ。こういう服を着るのも久しぶりだ。意外と気楽なものだな」

リラックスした様子のラクウェイン侯爵がご機嫌な様子で口角を上げた。

「侯爵様、もう少し奴隷《どれい》らしく俯《うつむ》いていてくださいよ」

「む、そうか？　では、アストル君。君も私のことはジェンキンスと呼んで、敬語をやめるべきではないかね」

無理をおっしゃる。

侯爵と和《なご》やかなやり取りをしていると、先行警戒に出ていたチヨが静かに馬車に飛び乗ってきた。

「見回ってまいりました。特に問題はありません」

「向こうの馬車のユユとミントには？」

「もうお伝えしております。この先のキャンプ地も人の気配はありません」

王都に近づくにつれて、人の気配が徐々に少なくなっている。それも仕方あるまい。まともな感覚の持ち主であれば、王都に漂《ただよ》うキナ臭さを察知して、身の安全を図ろうというものだ。

「ラクウェイン領都《マルセル》まで、何もないといいんだけどな」

目的地であるラクウェイン領都《マルセル》まではあと二日といったところ。そろそろ警戒が厳しくなる頃合いではある。さらにラクウェイン領都《マルセル》に近づくにつれて、ラクウェイン侯爵やエインズの顔を知る者も増えてくるだろう。今後は一層注意せねばならない。

ユユとミントは俺達の馬車の後方を走るもう一台の馬車に乗っていて、そちらはエインズの師匠であるナックさんが御者を務めている。彼はエインズに剣を教えるだけあって相当腕は立つし、この辺りの地理に詳しい。それでいて☆2なので、レンジュウロウ扮する高慢な商人が☆1奴隷を売りに来たという状況に即している。そのため今回抜擢された。

ラクウェイン領奪還作戦はこの八人で先行して行う。

義理の姉のフェリシアも連れてきたかったが、優れた斥候《スカウト》として成長した彼女は、後発でこちらに向かうナーシェリアの護衛についてもらった。

「なぁに、ラクウェイン領都《マルセル》に到着したら、なんとかなんだろ」

エインズが言った通り、ラクウェイン領都《マルセル》には、彼の元悪友達が今でも暗躍《あんやく》しており、到着次第協力態勢を築くことができる。それに、リカルド王子がラディウスにラクウェイン領の領主を任命したように、こちらにはナーシェリアの任命書状がある。

ある程度下地を作って、ナーシェリアの到着を待てば、ラクウェイン領都《マルセル》を奪還するのはそう難しいことではないだろう。

そんな考えを巡《めぐ》らせているうちに、今日の野営地となるキャンプエリアへと到着した。

もう少し足を伸ばせば整った宿場町もあるのだが、わざわざ危険を冒して人の多いところに留まる必要はない。

「アストル成分が足りないわ。補充よ、補充」

護衛らしく完全鎧《フルプレート》を着こなしたミントが、自分の馬車を降りるなり、突進じみた抱擁《ハグ》を敢行《かんこう》してくるが、俺はそれを回避して頭をペチンと叩く。

「どうせするなら鎧を脱いでからにしてくれ。それと、まだ気を抜くんじゃない」

チヨが警戒に当たっているので問題ないと思うが、気を緩めるには危険な頃合いではある。

「ユユ、アストルがひどいの」

「お姉ちゃんはぐいぐい行きすぎ、だよ」

妹にまで窘められて項垂《うなだ》れるミントに軽く苦笑しながら、俺は周囲に警戒用の魔法をいくつか放っておく。

「ね、アストル。それって新しい……魔法？」

ユユは目を輝かせて、〝教えて〟の態勢だ。

こうなると、彼女は賢人並みに頑固《がんこ》になってしまうし、俺としても新たな魔法を教えるのは楽しいので、その場で講義を開始する。

「足音を大きくする魔法だよ。忍び足で近づけないようにするんだ。それと〈監視する小さい者《スモールポインターズ》〉……これは〈毛むくじゃらの使用人《ヘアリーブラウニー》〉を改変した魔法で、何か見つけると俺に知らせてくれる」

「――相変わらず、仲睦《なかむつ》まじいねぇ……」

不意に、男の小さな声が風に乗って俺の耳に届く。

「誰だ……！」

警戒の視線を周囲に向けると、夕日に照らされた長い影が俺達の足元に伸びてきた。

沈む太陽を背に、ほっそりしたシルエットが、ゆらりゆらりとことらに歩いてきている。

「〝刺突剣《タック》〟ビスコンティ……！」

「覚えていてくれて光栄だよ、〝魔導師《マギ》〟さんよォ」

まるで無防備に、こちらへと歩いてくるのは、以前俺達のパーティを襲ってきた賞金稼ぎの〝刺突剣《タック》〟ビスコンティ。

殺気がないからといって、油断できる相手ではない。

「止まりなさいッ！」

状況に気付いたミントが、半分完全鎧《フルプレート》を脱いだ状態で俺の前に滑り込んでくる。

同時に、ユユをカバーするようにチヨが音もなく姿を現した。

「おっとォ、待て待てェ。オレは売り込みに来たんだよォ。この〝刺突剣《タック》〟ビスコンティ……傭兵《ようへい》として雇う気はないかねェ？」

ニヒルに口角を釣り上げながら彼は両手を上げた。

◆

「そこは君の判断に任せるとしよう」

ラクウェイン侯爵は、さも当然とでも言うように〝刺突剣《タック》〟ビスコンティの件を俺に丸投げした。

この状況で傭兵を雇うのは、リスクが伴《ともな》う。傭兵である以上は金で動く人間だから、払った金銭分は働いてくれるだろう。だが、特に思想や忠義でこちらについているわけではないという点において、裏切りの可能性を考慮せねばならない。

さらに、そもそも彼がリカルド王子に雇われた間諜という可能性もある。手放しで信用することはできない。

俺達はビスコンティを武装解除させた上で手を縛り、椅子に座らせている。

敵意がない人間を縛るのも心苦しい部分があるが、彼ほどの手練《てだ》れを拘束しないのも危険だ。

「オレって信用ねぇのなァ」

「賞金稼ぎを信用しろって方が無理じゃない？」

「へへ、違いねェ」

ミントのツッコミに、ビスコンティはからからと笑う。

「〝魔導師《マギ》〟さんよォ、〈嘘看破《センスライ》〉をかけてくんなァ。なんなら〈契約《コントラクト》〉や〈強制《ギアス》〉の魔法を使ってくれていいし、魔法契約書にサインしてもいい」

どうするべきかと思案する俺に、〝刺突剣《タック》〟ビスコンティが意外な申し出をしてきた。

それらは金と信用関係を重視する傭兵としては珍しい提案だ。

「いいのか?」

「構やしねェ」

彼がそこまでする理由がまるでわからない。

同じ疑問を抱いたのか、エインズが少しばかり疑いの目を向けながらビスコンティに問う。

「そこまでしてオレらに雇われたい理由は一体何なんだ?」

「モーディアだよォ……!」

ビスコンティの声に険がこもるのがわかった。俺達ではない誰かに向けた殺気が、彼の体から滲む。

「モーディア皇国? 何かあったのかよ?」

「オレはよぉ……あの腐れた国の出身なのさァ」

その言葉に緊張が走る。

モーディア皇国という場所は、教育がしっかりした国だ。子供達は幼い内から教育と労働の責任を叩き込まれると聞いた。

つまり、あの国の出身者はもれなく……洗脳状態にあるといっていい。

「そう警戒しなくてもいいぜェ……オレは出来のワリィ皇国民だったからなァ」

――ビスコンティは語る。

彼はモーディア皇国の辺境にある小さな町で生まれた。

中央ほどの締め付けはなく、モーディア皇国としては穏やかな環境の中で過ごしたらしい。

「でもよォ……それは間違いだったァ」

ある日、彼の町に中央から役人が派遣されてきた――そう聞かされていた。

だが、実際のところそれは役人などではなく、公的な人攫《ひとさら》いであった。

町ごと攫う。それが訪れた役人――もとい、第二師団のやりかただとわかったのは、全てが終わった後だった。

辺境の緩んだ空気の中でなあなあに見逃されていた☆1は全てその場で処刑。☆2であったビスコンティの妹は奴隷として……モノとして接収されて、その場で支援物資として第二師団に振舞われた。

町の住人の中で多くの割合を占める☆3の大半は、付近にできた鉱山開発の開拓村へと移送され、☆4であるビスコンティ他数名は、わけもわからないまま首都へと移送された。

――たった二日間の出来事である。

「あの国では、オレはおかしかったんだろゥ。……首都で与えられた、ありがたぁい仕事を放り出してよォ、オレは故郷に戻ったんだァ。……なーんにもなかったァ。あいつら、火を放ちやがったんだァ。あったのは獣に食い荒らされた☆1の死体と、それと同じになってた妹の死体だけだァ」

ビスコンティの話を聞き、心底ぞっとした。

心の奥から北風が吹くかのように、足に来る寒々とした恐怖に包まれる。

「噂《うわさ》には聞いていたが……まさか自国でもそんな真似を？」

「あの国では、普通なのさァ」

そんな連中をこの国に招き入れて、リカルド第二王子は……御《ぎょ》しきれるのか？　いや、大々的に『☆1狩り《シングルスナッチ》』が行なわれている以上、すでに制御できてないのは明らかだ。

第二師団は占領を主眼とする軍団だと聞いた。占領とは、選別と教育を兼ねているのではないだろうか。

「義憤《ぎふん》なんかじゃねェ、オレは私怨《しえん》でお前らを利用するゥ。代わりにオレは、お前らに利用されてやるしィ……第二師団とやり合うならァ、命懸けたっていいぜェ？」

ビスコンティのギラギラとした瞳の奥には、暗い炎が渦巻いているかのような気迫がある。

こんな演技ができる人間はそうそういない。

そして、抵抗《レジスト》されないまま彼に作用している〈嘘看破《センスライ》〉の魔法も、〝偽りなし〟との判断を俺に示していた。

「ここまでで、どう思う？」

俺はみんなを見回す。

「モーディア皇国の情報をお持ちなのは、こちらに有効に働くと思います。実際のところ、彼らの生活様式や行動規範、構成などは不明な部分が多いですし。それに、アストルさんの魔法や、私の警戒をすり抜けてここに到達できる隠形《おんぎょう》は見事です」

チヨの実務的な視点からの言葉を継ぐようにして、ミントも頷く。

「強いのも知ってるしね！　単独で強行偵察できる斥候《スカウト》って考えたら、良いかも」

「ワシもこの男は信用できるように思う」

「戦力は多い方が良い。特に汚れ仕事に慣れた奴は貴重だ」

レンジュウロウとエインズも、それぞれに賛同を示す。

「そうだな。よし、じゃあ雇おう。というか、仲間になってもらおう」

俺の言葉に、ビスコンティは首を横に振る。

「そいつは良くねェ。傭兵は使い潰すもんだァ。仲間なんてカテゴリーにすると、思い切りがなくなるもんだぜェ？　司令官殿」

「そんな思い切りは必要ないッ」

思わず声を荒らげた俺を見て、ビスコンティが毒気を抜かれたような顔をする。

「アストル、怒ってる、の？」

ユユに声をかけられ、少し冷静さを取り戻す。

「……ああ。やっぱりモーディアは、『カーツ』どもは潰さなきゃならない」

ビスコンティと俺、歳も☆の数も違えば、環境や考えも違うだろう。

だが、俺はこの男に共感を覚えていた。話を聞いているうちに、どうしようもなく俺と似ていると感じてしまう。

あの時——妹のシスティルがカーツの偽司祭の手に落ちそうになっていた時のことを思い出す。

カーツに洗脳され、自らの実の家族を手にかけてしまったフェリシアがあの時に間に合わなかったシスティルだとすれば、ビスコンティは間に合わなかった俺だ。

ただキャストと筋書きがほんの少し違ったというだけで、俺とビスコンティはまるで似ている。

「しかし、くそ……！　エルメリア中にそんなことが起こるってのかよ……！」

エインズが小さな舌打ちと共に、吐き捨てた。

「バカ息子。そうさせないために我々がここにいる。しっかりせんか」

「然《しか》り。ワシらが揺らがねば、なんとでもなる。のう？　アストルよ」

「ええ。それじゃあみんな、ここでビスコンティを絡めたプランの練り直しをするから手伝ってくれ」

地図を広げる俺を、ビスコンティが唖然《あぜん》とした様子で見つめる。

「おい、ビスコンティ。ぼーっとしてないで意見をくれ。金か？　後で払うよ……ラクウェイン侯爵が」

◆

「見えてきたようだな」

ラクウェイン侯爵が御者台の隙間からそっと顔を出して呟いた。

ビスコンティとの邂逅《かいこう》から三日。目的地であるラクウェイン領都《マルセル》が眼前に迫ってきていた。

都市の手前には、簡易兵舎のような物が多数建てられており、南からの敵襲に備えた要塞化《ようさいか》が進められている。

完全に、リック率いる反抗組織《レジスタンス》が攻めてくると見越しての準備だ。

「我が麗《うるわ》しのラクウェイン領都《マルセル》になんたる無粋《ぶすい》な真似を……。だからあいつはラクウェインに向かんのだ」

ため息をつきつつ、ラクウェイン侯爵が鋭い目つきで皆に告げる。

「再度の通達となるが、リカルド王子……ひいてはモーディアについた以上、ラディウスに容赦《ようしゃ》はしなくていい」

「よいのか？　仮にも息子であろう」

御者台に座るレンジュウロウが振り向いて問う。

敵対したとはいえ、実の子だ。そう割り切れるものではないだろう。

「そりゃ、生かしておいてくれるならありがたいがね。だが、我々の命を懸けるほどではない。あやつはちゃんと貴族の学校に行って、貴族のなんたるかを学んだのだ。もし、この情勢が覆《くつがえ》った時どうなるかは、理解しておるはず」

そう、リカルド王子に与してラクウェイン侯爵を追い出した以上、ラディウスは国を売ったということだ。

それをラクウェイン侯爵が取り戻したなら、その首に刃を引かねばならない状況もあり得る。

逆に言えば、ラディウスはラクウェイン侯爵の脱出を絶対に見逃すべきではなかった。

それは逆襲されるリスクを負うことになる失態だ。

「前方、検問があります」

陰に潜むチヨの報告に、レンジュウロウが口角を上げる。

「何、奴隷らしくしておれ。問題があれば、別の案を練ればよい」

ここからが正念場だ。俺達はレンジュウロウ率いる〝オットー商会〟の構成員とその奴隷で、二台の馬車に積まれているのは商品という体《てい》でいく。

俺とラクウェイン侯爵、エインズは、首輪とボロを身につけて、怪しまれないように俯いた。

俺達オットー商会は、バーグナー領都《ガデス》の新興商会で、反抗組織《レジスタンス》の領都奪還に伴って肩身が狭くなったので、商機を求めてラクウェイン侯爵領に来た……という筋書きになっている。

意外と演技派なレンジュウロウのことだ、上手くやってくれるだろう。

「止まれぇ！　所属と目的を言え！」

もう少しで門というところで、衛兵達がやや乱暴に馬車を遮《さえぎ》った。

「ワシらはオットー商会の者じゃ」

レンジュウロウがミレニアに偽造してもらった商業手形を差し出す。

偽造とはいえ、正式なものだ。問題などあるはずがない。

「積み荷は？」

「南方の酒と雑貨、それに香辛料じゃ」

衛兵が俺達の乗る馬車の中をじろじろと覗《のぞ》き見《み》る。

「この者達は？」

「雑務用の奴隷達で、商品よ。王都では☆1が高く売れるのであろう？」

レンジュウロウが下卑《げび》た笑みを浮かべると、衛兵達もいやらしく笑う。

「何故ラクウェイン領都《マルセル》に？」

「バーグナー領都《ガデス》の領主が娘に代替わりしての……どうにもやりにくいので、こちらに戻ってきたのじゃよ。元は王都の生活の方が長いのでな……古巣のそばで仕切り直しじゃ」

レンジュウロウの答えに納得がいったのか、衛兵達が警戒を解いた。

「お仕事ご苦労様ですな。少なくて申し訳ないことじゃが、夜にでもこれで一杯やってくだされ」

レンジュウロウは衛兵に二本の酒瓶《さかびん》を差し出し、馬車を進める。

こうして二台の馬車は大きな問題なくラクウェイン領都《マルセル》へと進み入ることができた。

「じゃあ、手筈《てはず》通りにこのまま進んでくれ。東の通りを入ったところに、オレの連れがやってる宿があるんだ」

エインズがボロの下から、場所を順番に指示する。

それに従って、俺達は大通りを馬車に乗ったままゆっくりと進む。

覗き見る街の風景は、以前とはずいぶん様変わりしていた。

周囲を窺《うかが》うラクウェイン侯爵とエインズが、声を潜めて感想を漏らす。

「人通りが少ない」

「ああ、クソ兄貴め……どうやったらラクウェイン領都《マルセル》をこんな活気のない町にできんだ？」

「あれが原因だろうな」

俺が小さく指さす先……都市河川を渡す橋のたもとに、原因となる者達がいた。

モーディア様式に統一された鎧を着た二人組が、跪《ひざまず》いた女性の首に抜き身の剣を当てながら怒声を放っている。

それを見たビスコンティが、ゆらりと殺気を立ち上らせる。

「間違いねぇ。第二師団の連中だァ……！」

「抑えろよ、ビスコンティ」

俺に言われずともわかっているとばかりに、ビスコンティが頷く。

「もう、始まってるんだねェ。……早くしないと、この町全体が手遅れになっちゃうよォ」

「手遅れとは？」

「恭順《きょうじゅん》を示した者しか生き残れない。目の前を歩いていただけでも難癖をつけて教育するのが、あいつらのやり方さァ」

この状況、ミントが飛び出していかないか心配だな。

「侯爵、どうしますか」

「私はね、アストル君……ああいった手合いが反吐《へど》が出るほど嫌いなんだ」

その手にはすでに剣が握られている。思いのほか短気だな、侯爵様は。

「待ってください。では、目立たないように俺が解決しますよ」

俺は第二師団の二人に向けて〝黙唱《サイレントキャスト》〟で魔法を放つ。

派手な魔法は目立つので、〈片頭痛《メグリム》〉を【反響魔法《エコラリア》】と込みで二発。

これは黒の塔の連中が教えてくれた性質《たち》の悪い実験魔法の一つだが……なんでも覚えておくものだ、こういう時に役に立つ。

魔法の効果はすぐに現れ、ひどい頭痛に襲われた第二師団の二人組が膝をつく。

そこを狙って無詠唱で〈風圧《エアプレッシャー》〉を飛ばしてやると、二人はそのまま橋の下へと落下していった。

「平和的解決」

俺の一言に呆《あき》れたのか、エインズが苦笑する。

「平和なもんかよ。マルセルの川は深《ふけ》えんだ。あの状態で完全鎧《フルプレート》着たヤツが泳げるもんか。たぶん死んだぜ」

「……こっちの存在が明るみにならなかっただけ、良しとしよう」

どうせ目撃者もいない。助かった市民以外は。

「よし、向かおう……ビスコンティの言う通りだ。早くしないと、全部だめになってしまいそうだ」

「ああ、よくも好き勝手してくれたもんだぜ。クソ兄貴には責任をとってもらう」

エインズが拳を握りしめて、そう唸《うな》った。

◆

「エインズさん！」

到着した宿で出迎えてくれたのは、くるくるした栗色の毛をほどほどに伸ばした男だ。

「トッカ！　すまねぇな、貸し切りにさせちまってよ」

「いいんですよ。エインズさんと侯爵様のお役に立てるなら」

握手を交わすエインズと宿の主人。

「こいつはトッカ。オレの幼馴染《おさななじみ》だ。親父《おやじ》は知ってるよな？」

「知っているとも。何度かエインズワースの身代わりに部屋に残されていた子だろ？」

身代わりって……エインズめ、一体何をどうしたらそんな切ないことになるんだ。

「今回協力してくれる地下組織のメンバーでもある。ここを拠点にして奪還作戦を進行するから、みんなも挨拶しておいてくれ」

エインズにそう促《うなが》されて、各々トッカに挨拶と軽い自己紹介をする。

柔和《にゅうわ》な笑みを浮かべたトッカは一人一人に好みの味付けなどを尋ね、必ず〝困ったらなんでも言ってくださいね〟と締めくくった。

エインズの友人にしては、ずいぶんと善良で穏やかな人に思える。

「皆さんの到着をメンバーに知らせます。アジトに案内したいところですが、今はガデスが反抗組織《レジスタンス》に寝返ったってかなりピリピリしているので、昼に出歩くのはよした方がいいと思います」

トッカが声を潜めて、目線だけを窓の外に向けた。

ラクウェイン領都《マルセル》正規の衛兵と、先ほども見た重厚な鎧の第二師団が通りをうろつきながら、周囲を警戒しているのがわかる。

このタイミングでの外部からの人間だ、疑うのも仕方ないし……その疑いは正しい。

「さて、お部屋に案内しますよ。部屋は全員二階にしてあります。踏み込まれるまで時間が稼げるし、いざとなったら屋根裏から屋根に出ることもできますからね」

「何から何まですまねぇな」

頭を掻きながら苦笑するエインズに対して、トッカが笑顔で首を振る。

「エインズさんには世話になっていますから。ここに宿を構えていられるのも、エインズさんと侯爵様のおかげです。今度は僕達がお助けします」

「この借りは必ず返すぜ」

「ラクウェイン領都《マルセル》が元に戻ったら、それが一番ですよ」

朗らかに笑うトッカに促され、俺達は二階へと上がる。

階段を上った先は談話室になっていて、ソファとテーブルが置かれており、その両サイドに延びる廊下には、それぞれ四つずつ扉が見えた。

一人一部屋使えそうだ。

「部屋は適当に割り振って使ってください。僕は一階で事務仕事をしていますので、御用の際は声かけを。ああ、それと夕食は二階の談話室に持って上がりますね」

そう告げて、トッカは階段を下りていく。

「んじゃ、適当にさせてもらおう。荷物を置いたら、すぐにそこの談話室に集まんぞ」

エインズがそう告げて右の廊下に向かい、その後にラクウェイン侯爵が続く。

「ほらほら。行くわよ、アストル」

「わかったから、そう引っ張るなよ、ミント。俺達は左側の部屋を使わせてもらおう」

ミントに急かされる俺に、ビスコンティが顎《あご》に手をやりながら尋ねる。

「オレはどうすりゃいいんだァ？」

「お主は、ワシの隣の部屋を使え。ワシはチヨと一緒に使う故な」

レンジュウロウの台詞《せりふ》を聞いたユユが、俺の裾《すそ》を小さく引っ張る。

「……ユユも、アストルと同じ部屋が、いい」

「なら、アタシも。何かあった時すぐに一緒に動けるしね」

そういう理由なら、確かに。

ここはもう敵地だ。襲撃があることも予想しておかなくてはならないだろう。

「わかった。じゃあ一番奥の部屋を三人で使おう」

こういった宿の角部屋は、少し大きいのが定番だ。

扉を開けると、案の定やや広めの部屋だった。ベッドも二つ備え付けられているので、ユユとミントはこれに寝てもらえばいいだろう。

「む。アストル……床で寝ようって、思ってる？」

「ん？　ああ。ベッドは二人が使えばいいよ」

「ダメ、ちゃんと寝ないと疲れが取れない」

ユユはそう言うが、さすがにもう一つベッドを置くだけのスペースはなさそうだ。

そんな中、ミントがひょいっとベッドを持ち上げて、もう一つのベッドに横づけする。

「こうすればいいのよ」

なんというか、相変わらずの怪力だな。

「これで三人、川の字で寝られるわ」

「カワノジ？」

言葉の意味がわからないのか、ユユが小首を傾げる。

「イコマで教えてもらったの、三人が並んで寝ることをそう言うらしいわ」

三人限定。イコマ――もとい、ヤーパンでは、三人で寝る習慣でもあるのだろうか。

「……これで、一緒に寝られるわ……」

「ん……。これで一緒……」

姉妹がぼそぼそと話して、頷き合っている。

「何か言ったか？」

「いいえ、何も？　じゃ、談話室に戻りましょ」

二人に再び引っ張られるようにして、俺は談話室へと戻る。

メンバーは全員集まっていたが、さらに懐かしい顔が一人増えていた。

「イジーさん。ご無事だったんですね」

イジーはエインズの幼馴染の悪友の一人で、このラクウェイン領都《マルセル》の裏も表も知る情報屋だ。
☆2ということで少し心配していたが、無事だったようだ。
「アストルさん。お噂はかねがね。情報共有の場ということで、私も参じさせていただきました」

相変わらず穏やかな雰囲気を醸《かも》しながらイジーが笑う。

「イジー、お前のおかげで親父が上手く逃げおおせた。ありがとうな」

エインズが頭を下げると、イジーは笑みを浮かべたままそれを制した。

「いいえ、必要なところに必要な情報を提供するのも私の仕事ですから」

「ってことは？」

「ええ、必要そうな情報をいくつかお伝えできると思います」

エインズの視線に笑って頷いたイジーが、地図を二枚取り出す。

「こちらがこの町の地図。そしてこちらが、地下水路の地図です」

それを見たラクウェイン侯爵が、驚いた表情を見せる。

「詳細すぎる。戦略地図並みだぞ……！　私も知らない水路がこんなに」

「愚連隊《ぐれんたい》は地下に潜んで遊ぶものですよ、侯爵様。それを【地図化】スキル持ちを使って製図しました。お屋敷まで安全に向かうルートが確保できるか、検討しましょう」

イジーのもたらした物はそれだけではない。

衛兵の警備ルート、第二師団のおよその人数と拠点、協力者となってくれる者達の隠れ家。

「充分すぎる準備だ」

俺の呟きに、イジーが微笑む。

「戦いは、いざ戦端を切った時にはもう勝敗は決しているように準備するもの……と、陣頭指揮を執っている人がやる気を出しましたのでね」

どうやらとても有能な人材が、ラクウェイン領都《マルセル》の地下組織にいるらしい。

「これはすごい。一体誰なんだね？　その人物は」

目を輝かせてラクウェイン侯爵がイジーに尋ねる。

「奥様です」

その言葉を耳にした瞬間、ラクウェイン侯爵の顔が青くなった。

――ラクウェイン侯爵夫人マルティナ・オズ・ラクウェイン。

彼女は二つ名持ちの冒険者であり、現王の姉にあたる人物だ。

ラクウェイン侯爵曰《いわ》く、〝いじらしく、愛らしく、そして強い〟らしいが……今の彼の顔を見る限り、言葉通りの人とは思えない。現に、エインズも慌てている。

「げ、母上が帰ってきてるのか？」

「一カ月ほど前に。今は手勢を率いて地下に潜伏しております。侯爵様のお帰りを心待ちにしていらっしゃいましたよ」

「私は後方で支援にあたっていると伝えてくれないか」

「残念ながら、もう知れています。お覚悟を」

この先、何か覚悟しなくてはいけないことが起こるのだろうかと、俺までドキドキする。

「ラディウスに出し抜かれたとわかれば……説教が待っておるな」

「それは甘んじて受けろよ、親父。オレを巻き込むんじゃねぇぞ」

「エインズ様もいつまでたっても嫁を紹介してくれないと憤《いきどお》っておられました。お覚悟を」

どこに行っても母は強しということだな……

がっくりと項垂れるラクウェイン親子に同情しながらも、俺は気持ちを切り替えて話を進める。

「ま、それは置いといて、作戦を練ろう。この地図を元に、まずは偵察をお願いしたいんだけど、チヨさん、ビスコンティ、頼めるかな？」

「お任せくださいませ。地下水路はわたくしが」

「んーじゃ、オレは市街地を見て回るとするぜェ。こんな状況じゃ、賞金稼ぎがうろついてたって、おかしくねぇだろうさァ」

それぞれ俺に頷いて、チヨさんが影に溶けて姿を消し、ビスコンティは酒瓶を一つ持って一階へと下りていく。酔っぱらった賞金稼ぎのふりをするつもりだろうか。

イジーや地図を信用しないわけではないが、やはり生の情報は必要だ。

作戦指揮にも少し慣れてきたな……と思ったら、なんてことはない、ダンジョン攻略会議のようなものだ。

詳細な地図と敵性体の配置図、それに裏ルート。

情報さえ揃えば、目的の場所に辿《たど》り着くのはそう難しくなさそうだ。

「ラクウェイン侯爵。確認を一つ」

「なんだね？」

「奪還作戦にあたり、邪魔する者を排除しますが、いいですか？」

つまり、ラクウェイン領都《マルセル》の正規兵であっても、障害となるのであれば排除する、という意味だ。

いつもはミントに言わせてしまっているが、作戦指揮を執るというならば、俺が問うべき言葉である。

今の俺には制圧用の強力な魔法や手段の準備がある。

古代魔法然り、強大な力を持つ人工神聖存在『ミスラ』然り。広範囲に、容赦なく、分別《ふんべつ》なく殲《せん》滅《めつ》する力を揮うことはできるだろう。

不当とはいえ、ラディウスが代理で領主をしているということであれば、正規兵のような者達は〝仕事〟として俺達の前に立ちはだかるかもしれない。そうなった時、彼らを傷つけずに鎮圧《ちんあつ》するなどという余裕は、きっとないだろう。

「わかって、いる」

さすがにラクウェイン侯爵の顔が翳《かげ》る。

「そうならないように事前の作戦は練ります。ただ、いざという時、俺は自分と仲間の命を最優先にします。少しでもリスクがあるなら、あなたの領民の命を奪うことを躊躇《ちゅうちょ》しません」

「アストル、言いすぎよ！」

ミントが少しばかり焦《あせ》った様子で、俺の手を掴《つか》む。

俺自身、まるで自分の口が自分のものではなくなったかのようにすら思えた。

これが、今まで俺がミントにさせていたことなのか……と、自己嫌悪が広がる。

「侯爵様、アストルさん。それに関しては調査が済んでいます。事前にこちらへ呼応するように話を通しておきますので、敵対する者はモーディアの手先と考えてもらっても大丈夫ですよ」

一連のやり取りに、イジーが少し困った顔で頭を下げる。

「さすがイジーだぜ」

「エインズ様の子分なんてやっていると、目端《めはし》が利《き》くようになるんですよ。今、ラクウェイン領都《マルセル》にいるのは、故郷を捨てきれず、ここを守るために残った者ばかりでしょう。ラディウスさんの取り巻きと第二師団の連中はさほど多くないはずです」

そう言って、イジーは地図の数箇所《すうかしょ》を指さす。

「ここと、ここ、それにここ。赤い印がついている部分が、第二師団の拠点になっている建物です」

「人数はどのくらいですか？」

「総勢で百人ってところでしょうか」

俺の質問に即座に返答できるあたり、すでに準備の大半は整っているってところだろう。

「イジーさん、組織の皆さんとはいつ会えますか？」

「今晩、手配しておきましょう。地下水路のこの位置……ここに拠点があります。この宿の裏の橋の下に入り口があるので、このルートを使ってください」

地図を指でなぞって、イジーが俺に頷く。

「エインズ様、ガキの頃に使っていた秘密基地ですよ」

「ああ、あっこか。わかった」

悪ガキ同士、通じあったようで、少しばかりうらやましい。ちょっとリックが恋しくなってきたぞ。

「では、私は戻ります。☆2なので、モーディアの騎士が怖いですしね」

「ああ、夜まで無事でいろよ。すぐに元通りにしてやっからよ」

「エインズ様の有言実行には前例がありますからね」

小さくウィンクして、イジーは階段を下りていった。

「さてアストル、ワシらはどうする」

椅子に深く掛けなおしたレンジュウロウが、こちらに目を向けた。

「斥候《スカウト》二人が戻って来るまで休憩ですかね。そういえばエインズ、ナックさんはどうしてる？」

「馬車の番をするって言ってたぜ。この街の衛兵連中には、ナックさんに頭が上がらねぇヤツらもいる。独自に動いてくれんだろ」

ナックさんにとっては勝手知ったる古巣だ。俺が心配するようなことではないだろう。

「じゃあ俺は少し計画を練るから、みんなは休憩しておいてくれ」

「ユユも手伝う。アストル……方向音痴《ほうこうおんち》、だし」

「……ぐ」

確かに、ユユの言う通りである。

確実性を持たせる必要があるのに、一人で考えるというのはミスの元だ。

ダンジョン攻略とて、数人で確認した方が、齟齬《そご》がなくていいのだから。

「じゃ、アタシも」

「ワシもチヨが戻るまではここに居《お》るかの」

「私の町だ。君の知識だけでは足りない部分を助けられると思うぞ」

ミントに続いて、レンジュウロウとラクウェイン侯爵まで手伝いを申し出てきた。

「はぁ……これじゃ、オレだけ休むわけにもいかねぇだろ」

結局、俺達は全員その場に残って、ラクウェイン領都《マルセル》奪還作戦を練りはじめるのであった。

◆

日が沈むのを待って、俺はエインズの先導で『秘密基地』——もとい、現在は地下組織の本部となっている地下水路の先に向かった。

ビスコンティは〝夜の町も見てくるぜェ〟と出かけ、ナックさんは〝留守を預かる〟と宿に残った。

そのため、来ているのはいつものエインズパーティに、ラクウェイン侯爵を加えたメンバーだ。

それにしても……マルセルは運河もすごいが地下水路もすごい。

こんなに広い地下水路が地下にあるとは思わなかった。ここがなんのために造られたかは、ラクウェイン侯爵も知らないようだ。

古いながら整備された地下水路は、それなりに歩ける。もっと腐臭や悪臭などがするかと思ったが、要所要所にある魔法道具《アーティファクト》と魔法生物が水を浄化しているらしい。

魔法薬《ポーション》開発の本場ともなると、排水にも気《き》を遣《つか》っているのだと、ラクウェイン侯爵が笑う。

学園都市《ウェルス》の連中に聞かせてやりたい言葉である。

何せ学園都市《ウェルス》の地下水路は、ダンジョンも真っ青な立ち入り禁止区域だ。

廃棄された魔法生物、廃棄された魔法道具《アーティファクト》、廃棄されたアンデッド……あるいはそれらが廃棄された別の何かによって一体化したモノなどが、自由奔放《じゆうほんぽう》に闊歩《かっぽ》する退廃的な世界となっている。

俺も一度興味本位で入ってみたが、二度と足を踏み入れたくない。

「見えてきた、あそこだ」

エインズが手に持ったカンテラをゆらゆらと揺らす。敵意がないことを示す合図らしい。

……が、その先から殺気じみた気配で飛び出してくる小さな影があった。

背丈は身長の低いユユよりもさらに頭一つ低い。

艶《つや》やかな黒髪をおかっぱにして、右耳にだけ小さなおさげを作っている。年の頃は……俺よりも少し若いくらいか？

その姿を確認したラクウェイン侯爵が、ギクリとした様子で足を止める。

「お……おお、マルティナ。息災か」

「息災か、じゃねぇだろうが！　コンのアホ旦那《だんな》がぁッ！」

猛スピードで、矢弾《やだん》のように向かってきたその小柄な少女は、勢いそのままにラクウェイン侯爵の腹に小さな拳をねじ込んだ。

侯爵のつま先がほんの少し地面から離れたのを確認してしまった俺は、思わず息を呑む。

大柄な伯爵をボディ一発で打ち上げる膂力《りょりょく》というのは、ミントでもないいんじゃないだろうか。

「は、母上……落ち着いてくれよ」

「バカ息子、お前もだぞ！」

「ンな⁉」

極めてスムーズな重心移動から放たれる二撃目の拳が、エインズの腹部に深々とめり込む。

床に崩れ落ちた親子をよそに、少女は俺達に向き直って可憐《かれん》な笑顔を見せる。

「……ウチのバカどもがお世話になっております。ジェンキンスの妻、マルティナでございます」

「うむ、マルティナ。久しいな」

「レンジュウロウ。テメェも来てたのか……テメェがいながらこの体《てい》たらくはなんだ⁉」

レンジュウロウを見て、マルティナは再びその目に鋭さを増す。

外面《そとづら》の切り替えが性急すぎやしないだろうか。

「ワシに責はない。それよりも、紹介しよう……〝魔導師《マギ》〟アストルじゃ」

さらりと視線を避けて、俺に注目を流してしまうあたり、レンジュウロウはこの小さな女傑《じょけつ》の扱いを心得ているのだろう。

「紹介にあずかりました、アストルです。こっちの二人はユユとミント」

「よろしく、です」

「よろしく！」

俺の顔をまじまじと見て、マルティナが快活な笑みを浮かべる。

少し、ミントに似ているかもしれない。ともすれば〝同類〟かもしれないが。

「ああ、噂の。ビジリさんから聞いていますよ」

「ビジリさんから？」

ビジリは俺達に何かと世話を焼いてくれる行商人だ。彼女の口からその名前を聞くとは、少々意外だった。

「ええ。ちょっとした知り合いですの」

おしとやかに笑う姿は貴族の子女……いや、王族の子女というに相応しいものだが、いかんせんその格好は歴戦の勇士と言うほかない。おそらく、紅翼竜《ルビーワイバーン》を素材としたであろう、深紅《しんく》の鱗鎧《スケイルメイル》を着こなし、背には身長ほどもある戦斧《せんぷ》を背負っている。

あと、いくらなんでも若すぎる。

現王の姉だったはずだが、絶対に年下と思ってしまいそうなその容姿には、強い違和感があった。

もしかして、聞いた情報は古いもので、彼女は後妻だったりするんだろうか？

「アストル、騙《だま》されんな……そいつは正真正銘《しょうしんしょうめい》の五十路《いそじ》だ……ッ！」

「誰がババァだ！」

「言ってねぇ――!?　ガフウゥ！」

マルティナに踏みつけられて、エインズが再び地下水路の床に転がる。

「ああ、マルティナ。君は今日も美しい」

「ったりめーだろ。ンで？　どうやって始末つけんだ？」

エインズの上に座ったマルティナが、ラクウェイン侯爵に冷たい視線を浴びせる。

「それを説明しに来たんだ。さぁ、秘密基地へ連れていってくれ」

「しゃあねーな」

立ち上がったマルティナが両手を突き出すと、ラクウェイン侯爵が跪いて抱え上げる。

傍目《はため》に犯罪臭がするが、口には出さないでおく。うっかりあのボディブローをもらいでもしたら、俺など即死してしまう可能性だってある。

「ここだ」

エインズに案内された一画には、細工された隠し扉があり、そこを通り抜けると、それなりに広い空間が広がっていた。子供時代の秘密基地と聞いて勝手に狭い場所を想像していたが、地下組織の拠点としては充分な広さに思える。

「こりゃすごいな」

そんな俺の呟きに、マルティナがにこやかに応える。

「イジー達が維持していましたからね」

「母上、こいつらにおめかしは必要ねぇ。いつも通りでいいぜ」

エインズがため息混じりに、マルティナに告げた。

俺としてもそうしてもらえるとありがたい。どうやっても違和感があるなら、素《す》の状態で慣れた方がよさそうだ。

「あン？　そうか？」

「そうしてください。お互い、猫をかぶったままじゃ、進むものも進みませんからね」

マルティナが俺を見て口角を上げる。

「なよっちい見かけの割にハッキリ言うじゃねぇか。気に入ったぜ」

するりとラクウェイン侯爵の腕の中から飛び降りたマルティナが、中央にある机に腰を下ろして俺を睥睨《へいげい》する。

本当に元王女なんだろうか……？　どう見ても〝姉御〟って感じなんだが。

「そいじゃ、いっちょ作戦会議といこうじゃねぇか。あるんだろ？　計画が」

「ええ、いくつかプランを練ってきましたので、詰めていきましょう」

マルティナに促され、俺は机の上に地図を広げる。

そこにはいくつかのルートと、プランが書き込まれており、地下組織の人員を合わせれば、さらに確実性を増せそうだ。

「じゃあ、奪還作戦を計画していこうか……！」

俺の言葉に、地図を囲む全員が頷いた。

◆

「ふむ、見えてきたぞ」

ラクウェイン侯爵がにやりと口角を上げて告げる。

現在、俺達は大通りを目立つようにゆっくりと歩いて、マルセル中心部にあるラクウェイン侯爵邸を目指していた。

ラクウェイン侯爵の横を歩いている俺はやや緊張しているが、なんとかポーカーフェイスを保つ。服装は冒険装束ではなく、ナーシェリアを診察する際に着たエルメリア宮廷医術団の格式ある白衣だ。周囲には、冒険装束の上からラクウェイン侯爵軍であることを示す上衣《サーコート》を纏ったレンジュウロウ達が護衛につく。

「しかし、こう来るとはな。意外に大胆じゃねぇか、ボウズ」

マルティナ夫人が、赤くきらびやかなコートをはためかせて俺に凄絶《せいぜつ》とも言える笑顔を向ける。佇《たたず》まいが獰猛すぎるが、その猛々《たけだけ》しさはどこか美しく……少しばかり戦っている時のミントに似ていた。

「別に悪いことなんて何もしていないんですから、堂々と目立って向かえばいいんですよ。現王不在の今、何をやってもやった者勝ちというのであれば、あくまで正々堂々と正論を叩きつけた方が、良いプロパガンダになりますから」

――計画なんて大それたものは、最初から必要なかった。

それが俺の行きついた結論だ。このマルセルで、血で血を洗うクーデターを勃発《ぼっぱつ》させるよりも、あくまでラクウェイン侯爵が帰還したという形をとった方が、民衆は納得するはず。

こちらには正当な領主である侯爵、その妻と嫡男《ちゃくなん》（エインズは嫌がったが、そういうことにしておいてもらった）、そしてナーシェリア王女殿下の書状がある。

連中がナーシェリアの書状が無効だと言うのであれば、王代理を名乗って行なったリカルド王子によるラディウス領主指名もまた無効だ。双方無効を訴えるなら、現王が任命した侯爵の帰還に伴って、代理領主たるラディウスはその権限を返上する必要がある。

そして、ラディウスに権限などないとなると、モーディアの第二師団はこの町に滞在する正当な理由もなくなる。正統な領主であるジェンキンス・オズ・ラクウェインが良しとしない以上、彼らがこの町を我が物顔で歩き回ることなど不可能だ。

……そういう経緯から、侯爵には逃げも隠れもせず悠然《ゆうぜん》と屋敷に帰ってもらっている。

また、間諜――ヤーパン風に言うと〝草〟にお願いして、対外的な情報操作もしてある。

ラクウェイン侯爵が学園都市《ウェルス》から帰還する予定のナーシェリア王女を迎えに領地を出た途端《とたん》、ラディウスが勝手に領主代理として収まり、好き勝手している……という風に。

「あ、領主様。お帰りですか」

市民の一人が侯爵に声をかけてくる。もちろん、これは仕込みだ。

「ああ、長いこと空けてしまったな。食用の秋鯉《セリウルカープ》の漁獲はどうだね？」

「変な連中が街をうろついてからサッパリです」

「まったく、ラディウスの奴め……好き勝手しおって」

周囲に聞こえるように、わざと少し大きめの声で話してもらっているので、その声を聞いて注目が集まる。

さすが、大劇場で歌唱したこともある侯爵だ……声が良く通る。

「侯爵様、お帰りなさいませ！」

「ああ、侯爵様、奥様……よくぞお戻りで」

「どうなってしまうのかと心配でした」

集まってくる市民は、仕込みではない。

こうも簡単に誘導できたのは、侯爵の人柄あってこそだろう。

「私が戻ってきたからにはもう安心だ。みんな、各々の仕事を頑張ってくれ」

ラクウェイン侯爵が軽く手を振って笑顔を見せると、集まった民衆から大きな歓声が上がる。

当然、それは衛兵達と第二師団の耳にも入ったに違いない。

さっそく血相を変えた衛兵が一人、駆け寄ってくる。

「おい、何をしている！　集会は禁止だと……」

「ほう、我がマルセルではいつからそのような法が施行《しこう》されたのかね？」

「誰だ、お前は!?」

衛兵の怒声に反応したのは、俺達ではなく民衆の方だ。

「侯爵様を知らないなんて、あなたこそ誰なの！」

「不敬だぞ！」

「ラデゥウスの私兵め！」

今にも投石を始めんばかりの民衆を抑えて、侯爵が怯《おび》えた表情の衛兵を睨みつける。

「私か？　私はな……このラクウェイン侯爵領を治める〝ジェンキンス・オズ・ラクウェイン〟だ。貴様の所属と名前は？　私はお前のような不届き者を雇った覚えはないんだがね？」

「は……はったりだ……！　今はラディウス様が侯爵で……」

「あの愚か者が侯爵？　なかなか笑えるジョークだな？　ラクウェイン侯爵の跡取りは、このエインズワースと決まっておる」

侯爵の言に、周囲の民衆が頷く。エインズの人気もなかなか大したものじゃないか。

「失《う》せろ。我が領地でその顔を次に見たら、命はないと思え」

「ヒッ……」

侯爵が剣の柄に手をかけたところで、衛兵は一目散にその場から走り去った。

大きな歓声が再び上がる。

デモンストレーションは充分だ。

これだけの大騒ぎ、ラディウスも……その周囲にいると考えられるモーディアの第二師団も気が付いているだろう。

「さて、〝魔導師《マギ》〟殿に踊らされている感はあるが、なかなかどうして有効じゃないか」

「閣下とエインズの人柄があってこその手段ですよ」

小さな声でやり取りして、悠々と歩いていくと……案の定、モーディア様式の鎧騎士に周囲を固められたラディウスが屋敷から出てこちらに向かってくるのが見えた。

人垣が割れ、俺達はラディウスと対峙する。

「父上とエインズワースか！　今更なんの……!?」

歯噛《はが》みするラディウスに、侯爵が言い放つ。

「好き勝手もここまでだ」

「何を！　私は正当な手続きで領主に……」

「では、これも正当ですよね」

俺は、ナーシェリアに記してもらった書状を開いて見せる。

そこには、〝ジェンキンス・オズ・ラクウェインを王と王家により、ラクウェイン侯爵と認める〟と確かに記載されている。

「バカな……ッ！　そんなものは無効だ！　今はリカルド様が王であるのだから」

「バカなのはお前だ。そもそも、リカルド王子は王ではない。王代理であっても領主の変更など易々とできるものか。ここは今現在も、私の領地であり……次期領主はエインズワースだ」

静かに諭《さと》すように、侯爵は息子《ラディウス》に告げた。

「いつもいつもいつも……そうやって私をバカにして……ッ！」

顔を紅潮《こうちょう》させて地団太《じだんだ》を踏むラディウスに対し、真っ先にキレたのは彼の母親だった。

「テメェがバカなんだから仕方ねぇだろ。バカじゃなきゃこの状況はなんだ⁉　領民が家ん中で怯えて、他国の騎士が闊歩するマルセルなんて、オレは認めねぇぞ！」

彼女が踏み出し、足元の石畳に小さくひびが入る。

小さな体なのに、その視線は長身の息子を見下ろすように鋭く、その言葉は苛烈にして正しすぎた。

この町の様子を見るに、ラディウスがラクウェインの……いや、エルメリアの貴族として器量が不足しているのは確かだ。

「失せろ、ラディウス。テメェは貴族に相応しくねぇ。二度とラクウェインの名を名乗るんじゃねぇぞ」

母親《マルティナ》の言葉に、ラディウスは膝をつく。

そして……

「────……殺せ」

暗く濁《にご》った目から涙を流しながら、こちらを指さした。

「上等だアッ！」

その言葉に反応したマルティナが即座に背中の戦斧を抜き放ち、ひりつくような殺気を漂わせる。

「落ち着け、マルティナ。ラディウスも、それは親に向けるべき言葉じゃないな」

侯爵の言葉が聞こえているのか聞こえていないのか、ラディウスは小さな笑いを漏らしながら〝殺せ、殺せ〟と呟き続ける。

さて、カーツの〝蛇〟にやられているかどうかは……捕まえてひん剥《む》いてみないとわからないな。

「正体不明の騎士諸君。君達はエルメリアの騎士ではないだろうが、その剣を抜く前に所属を名乗り、下がりたまえ。これはラクウェイン侯爵家のお家騒動であり、諸君らには関係のないことだ」

「……」

侯爵の呼びかけを受け、十数人いる騎士の中から少し豪華《ごうか》な鎧の一人が進み出て、剣を抜く。

「我々はモーディア皇国第二師団第八大隊である。我々の任務はエルメリア王の協力者として、各地の統治を補助し、正しく導くことである」

「そのサービスは我が領では不要だ。領主として即時退去を要求する」

「王命なれば、まかり通らぬ」

「エルメリア王の命ではあるまい。リカルド王子はいまだ王にあらず、諸君らのこれ以上の介入は越権と侵略にあたる。即刻ラクウェイン領から退去されよ」

侯爵からは有無を言わせぬ圧が漏れている。

その雰囲気の中でも、兜《かぶと》に隠されて顔の見えぬモーディアの騎士は剣をしまおうともしない。

「主上の命は、この地にてラディウス殿の応援にあたることである。その命がお前達の排除であればそれに従う。それは正しいことだ」

「侵略の意思ありと確認した。以後、諸君らを敵と見做す。降伏の勧告を行う用意があるが、どうかね」

「不要だ」

ラディウスを守るように、モーディアの第二師団がずらりと並ぶ。

「そうだ、殺せ。殺してしまえ。父上も、母上も私には必要ない。エインズワースは邪魔だ。私に歯向かう者は全部殺せ……全部だ。それが、正しいことだ！」

ラディウスの言葉に呼応するように、騎士達が一斉に得物を抜いて動き出すが……ほとんどがその場で尻餅をついた。

魔法使いに時間を与えるな——そんな基本的なことを、彼は前回の俺との戦いで学んだはずなのだが。

「エインズ、お前の兄はもしかして学習しないのか？」

「言うな」

倒れた騎士達に向けて〈麻痺《パラライズ》Ｉ〉と〈拘束《ホールド》Ｉ〉を【反響魔法《エコラリア》】も使いながら連続で放ち、動きを封じていく。

「ユユ、全員のサポートを」

「ん。任せて」

その返事を聞いてから、俺は杖を前に突き出す。

進軍の合図として。これから行われる戦闘は、俺の責任だと自覚できるように。

「殺す必要はないけど、抵抗するなら殺してもいい」

「そうね。できるだけ痛めつけてやるわ」

「オレは好きにやらせてもらうぜェ……！」

俺の両隣を、疾風《しっぷう》のようにミントとビスコンティが駆けていく。

「コンの、だぼがぁッ！」

続いて飛び出したマルティナが、まだ動けるモーディア騎士の一人に、小さな鉄靴《ブーツ》をめり込ませて吹き飛ばす。あの人に武器など必要ないのではないだろうか。

「ぐ、な……撤退だ！」

最初に出てきた豪華な鎧の男が叫び声を上げる。

だが、易々と逃走を許すほど俺達は甘い相手ではない。

そして、ことモーディアに対して最も甘くない男が、雷《いかずち》のように両手持ちの細剣《エストック》をその騎士の胸に貫き入れた。

〝刺突剣《タック》〟の二つ名は伊達《だて》ではない。完全鎧《フルプレート》の装甲を貫通するなんて、どんな技術なんだろう。

逃走しようと背中を向ける者には、容赦なく魔法を浴びせて転倒させる。

完全鎧《フルプレート》のようなものを着ていれば、避けようのない魔法はいくつも存在するのだ。

それなのに、魔法使いを一人も伴っていないとは、どうにもラディウスは俺達を舐《な》め切っていたようだ。俺はともかく、俺の周りはそう甘い人達ではないというのに。

「あああああ……」

腰を抜かした様子で後退《あとずさ》るラディウスの前に、ラクウェイン侯爵が立つ。その手には、まだ曇りのない剣が握られており、切っ先は息子であるラディウスへと向けられている。

「ラディウス。お前は貴族の悪い部分だけを学んでしまったのだろうか？　私の教育が間違っていたのだろうか？」

　侯爵が、哀愁を帯びた顔で問いかける。

　エインズは冒険者となった貴族らしからぬ気質と、行動力を持った人間だ。

　その兄であるラディウスは、貴族の学校に通い、貴族の教育を施《ほどこ》された人間だという。それなのに、彼は何故こうも堕《お》ちてしまったのか。

「私は、私は……！　正しいはずです！　だから、あなた方が間違っているんだ！」

「では、このマルセルの様子はどうだ？　笑顔は失われ、市民は怯えながら暮らしていた。……もし、私が帰ってきた時、変わらぬ美しきマルセルがあったなら、そのままお前に任せても良いとすら思っていたというのに」

「それは詭弁《きべん》だ！　結果論にすぎない！」

「そうだ、結果としてお前は領主として相応しくなかった」

　侯爵にそう断言されて言葉を詰まらせたラディウスに、エインズが語りかける。

「兄貴よぉ……オレよりずっと頭が良いはずなのに、なんでアンタはそうやって間違った選択をしちまうんだ？　貴族のなんたるかは、兄貴がずっと偉そうに語ってたことじゃねぇか」

「貴族とは尊いものだ！　この国は生まれ変わる！　モーディアのように正しく発展し、正しく管理され、正しく評価されるべきなんだ！　お前のような☆足らずがそんな舐めた口がきけないようにな！」

　会話の一瞬の隙をついて、ラディウスが口に何かを入れた。

ガリッっと硬い物を噛み砕く音がして、周囲に悪質な魔力《マナ》が漂いはじめる。

ラディウスの口から耳から鼻から、真っ黒な魔力《マナ》が漏れ出し、彼を汚染していく。

この雰囲気……そしてこのどす黒い魔力《マナ》の気配は、以前どこかで感じたことがあるものだ。

思い出せなくてモヤモヤするが、今はそれにこだわっている暇はない。

「ユユ、強化魔法をみんなに。〈恐怖抵抗《レジストフィア》〉と〈鋭さ《シャープネス》〉を重点で。俺は魔法防御をばら撒くから」

「了解。任せて」

背中合わせのユユが、魔法の詠唱を始める。

その最中、耳元で悪魔の声がした。

「主《マスター》。住民達をもっと下がらせた方がいい」

澱《よど》んだ魔力《マナ》を噴き出しながら、ラディウスは嗤う。その声は狂気じみたものを含んでおり、もはや人の声からも大きく逸脱《いつだつ》していた。

膝をつき、天を仰《あお》いで嗤い続け……その口を大きく開いたまま徐々に黒い炎に包まれていくラディウス。

「主《マスター》、この魔力《マナ》の名前を知っているかね？」

「ナナシ、まだ周りに人がいるんだぞ？　……それで、このどす黒い魔力《マナ》がなんだって？」

「〝瘴気《ミアズマ》〟という。この世界にとって毒となる魔力《マナ》だよ」

良くないものだというのは、見ればわかる。

「それで？」

「ふむ。あれだけの〝瘴気《ミアズマ》〟を取り込んだのなら、今から起こることは軽い災害と言っていい」

つまり、対処するための魔力《マナ》を寄こせと言いたいのだろう。

「あれは何なんだ？」

「適性がある者が触れれば、その者は『悪性変異《マリグナント》』となるだろうね。前回、魔王がこの世界を襲った時は、そうやって滅ぼそうとしたのだよ」

「『悪性変異《マリグナント》』とは？」

「……化け物さ」

炎が消えて黒く固くなっていくラディウスはもう嗤い声を発していないが、いまだに耳の奥で残響している。

そして、その聞こえないはずの嗤い声をバックに、ラディウスであった者の口が大きく裂けて……そこから何かが這《は》い出《だ》した。

口を裂き、喉《のど》を裂き、体も裂きながら……まるで蛹《さなぎ》から羽化する成虫のように、それは現れた。

真っ黒の人型の生物。

だが、人でないことがはっきりとわかる。

大きく裂けた口には牙のようなギザギザとした牙が並び、その隙間から黒い炎のような物がちらついている。痩躯《そうく》だが背が高く筋肉質で、指先は刃物のように尖っており、爛々《らんらん》と赤く染まった瞳が、気味悪くぎょろぎょろと蠢《うごめ》き、俺達に向けられていた。

「くっ……なんだってんだ！」

さすがに、マルティナ夫人も汗を流してじわりと距離をとる。

息子が目の前でああなったのだ、ストレスも相当だろう。

「アストル、強化……終わったよ」

ユユが隣で、杖を下ろす。

「ナナシ、サポートを頼む」

「承《うけたまわ》った。あの個体から漏れる〝瘴気《ミアズマ》〟を抑え込むのを手伝おう。人には毒だからね」

肩から飛び降りた小さなナナシが、影の如くずるりと伸び上がって、その姿をさらす。

すらりと長い体にビロードのような黒い紳士服《スーツ》、白い手袋……ただし、頭部は山羊の頭骨に隠されたままだ。ネジくれた角の先に、小さなアクセサリが光っている。

いきなりナナシが現れたように見えたのか、マルティナが目を丸くする。

「ンな⁉　今度はなんだっていうんだよ⁉」

「これはこれはレディ……驚かせて申し訳ない。吾輩はナナシ。〝魔導師《マギ》〟アストルの使い魔でございます」

マルティナはちらりとこちらを見るが、俺が頷くと気を取り直したように戦斧を構えて、息子の体から這い出た『悪性変異《マリグナント》』に睨みつける。

「おい、〝魔導師《マギ》〟。こいつが、オレの息子をダメにしたのかよ……！」

「……おそらくですが」

そうであるとも言えるし、そうでないとも言える。

少なくとも、ラディウスは『悪性変異《マリグナント》』へと変異するための何かを使ったのだ。

あの時、彼が口にしたのは、黒い宝石のようなものだった。

あれには見覚えがある。

そう、学園都市《ウェルス》で起きた『秩序憲兵塔《エルロン・ガード》』との大規模衝突。

その際に、賢人エルロンが『悪性変異《マリグナント》』に変異するのに使った儀式用短剣についていたものと同じだ。

……おそらくあれが、『悪性変異《マリグナント》』への変異を起こすキーなのだと思う。

「主《マスター》、吾輩が周囲への瘴気汚染《ミアズマ》を防止する。戦闘を開始しても大丈夫だ」

「了解。頼んだぞ、ナナシ」

「任せてくれたまえよ、主《マスター》」

「クッソ、兄貴……」

頼っていいのか悪いのか。カタカタと頭蓋《ずがい》を鳴らす悪魔をひとまず信頼して、俺は杖を構える。

モーディアの騎士を完全に沈黙させたエインズが、俺の前に盾を構えるために駆け出てくる。

その目の前には、黒く固まり、裂けてしまった兄の変わり果てた姿。

「エインズ。戦場では戦いに関係あることだけを見るんだ」

「わかってるよ、クソ親父！」

ラクウェイン一家が、それぞれの武器を構えて『悪性変異《マリグナント》』と対峙する。

「ワシの出番かの？」

さらに、大槍を手にしたレンジュウロウが俺の隣に並ぶ。

「相手の能力は未知数です。いつもの、お願いできますか」

「任せよ。神も悪魔も断ち切って見せようぞ」

気合い充分のレンジュウロウに、ナナシが肩を竦《すく》める。

「吾輩を断たぬように注意してくれたまえよ。しかし、あの個体……瘴気《ミアズマ》が濃い。あまり時間をかけるべきではないと忠告しておくよ」

「GAAAAAAAッ!!」

時間をかけたくないのは、『悪性変異《マリグナント》』も同意見のようだ。

獣じみた咆哮《ほうこう》を上げた『悪性変異《マリグナント》』が、四つん這いになって跳躍する。

狙いは……エインズのようだ。

「化け物になってもオレが嫌いかよッ！」

エインズは初撃を盾で打ち払い、素早く剣を薙ぐ。

……が、素早い動きでそれを躱した『悪性変異《マリグナント》』は、口から黒い炎のようなものを噴いて彼の足を焼いた。

「ちぃ……ッ！」

「カバーッ！」

回復魔法を放ちながら叫ぶ俺の声に反応して、ミントが『悪性変異《マリグナント》』に猛然《もうぜん》と切りかかる。

自分で身体強化魔法を使えるようになった彼女は、戦闘力を相応に増している。この素早い

『悪性変異《マリグナント》』相手でもやれるはずだ。

「逝《い》く前に根性を叩き直してやる……！」

そのミントの斬撃の間をついて、マルティナが暴風じみた攻撃を繰り出す。

ミントと二人、妙に息の合ったコンビネーションが『悪性変異《マリグナント》』を捉え、その体を切り裂いた。

しかし、決定打には至らない。

「しぶとい！」

ミントが悔《くや》しそうに漏らしてバックステップし、同じくマルティナ夫人も一歩下がる。

「化け物がッ！」

互いに睨み合う中、『悪性変異《マリグナント》』の口がパカリと開き……小さな声を漏らした。

「ママ、ぼくをころすの？」

幾人が、その声に魔力《マナ》がこもっていると感知できていただろう。

少なくとも、俺とナナシには悪意ある魔力《マナ》が乗せられていることがわかった。

「主《マスター》、これは良くないな」

「ああ、まずい」

その効果が絶大極まることが、目の前で証明されてしまっていた。

あの傍若無人《ぼうじゃくぶじん》を絵に描いたようなマルティナが、戦斧を取り落として両膝を折る。

〈陰鬱な風《グルーミーウィンド》〉みたいな精神汚染に指向性を持たせたものか？　……良心の呵責《かしゃく》をついてくるタイプの能力かもしれない。どちらにせよ、このままではエインズもマルティナも危ない。

「ミント、後退だ！」

俺の声に反応して、ミントがマルティナの首根っこを掴んで、俺の隣まで下がってくる。

「エインズ！　頼む！」

「……！」

エインズには悪いが、今『悪性変異《マリグナント》』を足止めできる盾役が前線から退《ひ》くのはマズい。俺の意図を読み取ってか、ハッとした様子のエインズが、盾をしっかりと握り直して不動の構えをとった。

『悪性変異《マリグナント》』を見ると、傷口から湯気が上がり、徐々に塞がりつつあった。高速で自己再生とは、始末に負えない化け物だ。

「……ああ、ラディウス、ラディウス……ごめんなさい」

傍《かたわ》らのマルティナがうわごとのように繰り返す。

くそ、考え事をしている場合ではなかった。

「マルティナさん、しっかり！」

『悪性変異《マリグナント》』から目を離さないようにしつつ声をかけるが、マルティナはすっかり戦意を喪失してしまっている。

「ユユ、補助魔法でカバーを。レンジュウロウさん！」

「いまだ死線はなぞれぬ。しばし待て！」

得体の知れない相手だ。レンジュウロウの【必殺剣・抜刀】にも時間がかかるのかもしれない。

「魔法で動きを止めるか……？」

俺はいくつかの弱体魔法を紡《つむ》いで、再生中の『悪性変異《マリグナント》』へと放つ。

……が、効果は芳《かんば》しくない。

〈麻痺《パラライズ》〉にしても〈拘束《ホールド》〉にしても、およそ抵抗《レジスト》された手ごたえが返ってくるだけだ。

(……人に近い形をしているが、魔法生物か何かと同じじってことか。抵抗力が高すぎる)

「動き出したわ」

「ミント！　エインズといつも通りの動きで前線維持を頼む」

「オレも前線に出るぜェ……！」

背後からの声が、俺の隣を駆け抜けていく。

ビスコンティほどの手練れであれば、ミントとも上手く連携してくれるだろう。

あの、ラディウスの変異した『悪性変異《マリグナント》』の使う声には注意が必要だ。

そんな俺の警戒を嘲笑うが如く、甲高《かんだか》い嗤い声じみた咆哮を上げた『悪性変異《マリグナント》』が、次々に、歌うように言葉を発する。


——パパ、どうしてぼくをひとりにするの。

——エインズ、おまえひとりだけじゆうでずるいよ。

——ひとりにしないで。

——もっとぼくをみて。

——みて、みて、ぼくをあいして。

――ぼくをみとめて。

――さみしいよ。


幼い声で紡がれる言葉全てに、悪質な魔力《マナ》が乗っている。

そして、それを聞いたラクウェイン一家は精彩《せいさい》を欠いて……とうとう動きを止めた。

その様相を虚ろな瞳に映した『悪性変異《マリグナント》』が、まるで笑うかのように目を細める。

マルティナは震えて丸まり、ラクウェイン侯爵は涙を流して膝をつく。エインズは嘔吐《おうと》しながらもどうにか立ち上がろうとして、剣に寄りかかっているような状態だ。

そして、『悪性変異《マリグナント》』の言葉は、俺達にも少しずつ悪影響を及ぼしはじめていた。

「ナナシ、なんとかならないか……！」

「瘴気が増してきている。抑えるので手一杯で、吾輩が手を貸すことはできない」

ナナシが周囲に展開する魔法式にも少しずつ齟齬が出はじめ、ところどころにヒビのような物が入っている。瘴気がナナシの力で抑えられる許容量を少しずつ超過しつつあるようだ。

俺にしても、もう余裕などない。

心の奥底に汚泥《おでい》のように溜まる、ひどい後悔をした時のような気分の重さ。

ラディウスとの関係性が薄い俺ですらこうなのだから、あの言葉に少しでも共感してしまえば一巻の終わりだ。

俺達の動きが止まったと見てか、『悪性変異《マリグナント》』が嗤い声を上げながら殺気を撒き散らしはじめる。

すぐに襲い掛かろうとしないのは、余裕か侮《あなど》りか。

その辺りはラディウスの特性を色濃く残しているのかもしれない。

「アストル、ちょっと……しんどい、かも」

「ユユ、あれは魔法や呪いの類《たぐい》だ。気をしっかりもつんだ」

周囲のメンバーの動きは徐々に鈍《にぶ》ってきている。

背に腹は代えられない……人前だが、禁呪を使用するしかないな。

「ユユ、大型の魔法を使う。もう少しだけ耐えられるか？」

「ん。がんばる」

強化魔法を紡ぐユユの隣で、俺も杖を握り直して魔法式の構築を始める。

久方ぶりに使う魔法ではあるが……現状、これが最も適切な魔法だろう。

「——*Via tenereco, ĝojo, dolĉa odoro. Alvoku. Feliĉa! Feliĉa! Feliĉa!*（あなたの優しさと喜び、そして甘い香り。呼び起せ！　喜びを！　安らぎを！　幸せを！）」

ふわりと〈陽明の風《ブライトウィンド》〉のきらめきが広がる。加えて、【反響魔法《エコラリア》】で再発動して、もう一度風を吹かせる。

きらめく風に包まれた仲間達が、得物を持つ手を握り直したのが傍目にもわかった。

効果あったようだ。

「……行けるわ！」

「行くぜ、嬢ちゃん」

ミントとビスコンティが矢のように飛び出していく。

エインズがまだ復調できていないので、攻撃で圧力をかけてくれるのはありがたい。

「GAAAAAAッ！　じゃまするな！　ぼくはりっぱになるんだ！」

幼い金切り声を上げて、腕を振り回す『悪性変異《マリグナント》』。

もしかして、本当に幼児退行を起こしているのかもしれない。そして、それに併せて力も増しているようだ。

ミントとビスコンティの攻撃で傷を負うも、先ほどよりも高速に再生している。『悪性変異《マリグナント》』としての完成に近づいているのは気のせいではないだろう。瘴気に馴染んできているのだ。

「いたいよ、くるしいよ……どうして、ぼくは……」

もはや魔力《マナ》の混じらない『悪性変異《マリグナント》』の声が響く中、俺の隣で、気《オーラ》が膨れ上がり、研ぎ澄まされていくのが感覚でわかった。

「……いつでも、斬れる。よいか？　ジェンキンス、マルティナ」

その言葉には憐憫《れんびん》と覚悟が詰まっていた。

もしかすると、レンジュウロウは二人と共にラディウスの誕生を喜んだ一人だったのかもしれない。

――今の俺達が、エインズと《ツ》パメラの子の誕生を祝《シ》ったように《ウ》。《ス》

「……やってくれ」

ジェンキンスの言葉に、レンジュウロウは言葉を返さなかった。

ただ、一陣の風が吹き抜け……鍔鳴《つばな》りの音が小さく響いただけである。

「斬り捨て……御免」

レンジュウロウの言葉が、戦場に静寂《せいじゃく》をもたらす。

もはや、幼い金切り声は聞こえなくなっていた。

◆

ラディウスはジェンキンス夫妻の長男としてラクウェイン侯爵家に生を受けた。エインズの三つ年上の兄にあたる。

しかしながら、その育児を担《にな》ったのは当時のラクウェイン侯爵……ジェンキンスの父である。

ジェンキンスが子育てを任されなかったのは、その頃の彼の素行の悪さが原因だった。

ジェンキンスはラクウェイン侯爵家の三男として生まれたものの、貴族としての性質をまるで持ち合わせていなかった。今のエインズ同様に、貴族学校を勝手に抜け出し、家すらも出奔《しゅっぽん》して冒険者の真似事をするような、本物の放蕩息子《ほうとうむすこ》だったのだ。血は争えない。

そして、彼の妻となったマルティナにしても、『野獣王女』などと揶揄《やゆ》される王家の大問題児であった。

二人の出会いは運命的だったし、家柄的にも問題はなかったが、その性格や素行は前ラクウェイン侯爵の頭を大いに悩《なや》ませた。

さらにその頃、ラクウェイン侯爵家を大きな不幸が立て続けに襲った。

嫡男たる長男が流行《はや》り病で亡くなり、次男も事故によって命を落としてしまう。

そうなれば、放蕩者とはいえジェンキンスにその責務が回ってくる。すでに廃嫡を申し渡されて気ままな冒険者生活をしていたジェンキンスは、半ば強引に、また半ば懇願される形で家に戻された。

その時、すでにマルティナはラディウスをその身に宿しており、ジェンキンスにとっても安全で安定した生活は渡りに船だった。

そうして生まれたのが男子であったということが、前ラクウェイン侯爵の心を煽ったのかもしれない。

――ジェンキンスとマルティナのもとで育てていては、栄えあるラクウェイン侯爵家にとって問題ある子に育つかもしれない。

そう考えた前ラクウェイン侯爵は、産後の肥立《ひだ》ちがあまり思わしくなかったマルティナと、慣れない貴族仕事に忙殺されるジェンキンスからラディウスを取り上げた。

そのせいでマルティナの体調がさらに悪くなったことなど……純然たる貴族主義者で古い男子信仰を持つ前ラクウェイン侯爵は気にすらしなかった。いや、その時彼は、すでに自分にそう多くの時間がないことをうすうす悟っていたのかもしれない。

貴族の幼学校に通い、ラクウェイン侯爵家御用達の家庭教師に囲まれたラディウスは、それはそれは貴族らしく成長した。

当然、幼心に寂《さみ》しさはあったが、貴族としての自立心を促されていたラディウスは我慢した。ラクウェイン侯爵家として恥ずかしくない貴族になること――それが自分の存在意義だと、物心つく前から叩き込まれているからだ。

ただ同時に、三つ下の弟について、うらやましくも感じていた。

両親といつも共に在《あ》り、奔放に笑い、母と同じ粗野な言葉遣いで話し、身分違いの子供とも泥だらけになって遊びまわる弟。格式ある侯爵家に全くもって似つかわしくない男児だと、疎《うと》ましさと妬《ねた》ましさの混じった羨望《せんぼう》を向けていた。

ラディウスにとって、エインズは自分とは全く違う立ち位置にいる存在で、許されざる存在だった。

あのようになりたいと願うことすら、ラディウスに刻まれた貴族の矜持《きょうじ》が許さなかった。

エインズが☆3と判明した時、心底ほっとして……心底蔑《さげす》んだ。

やはりあいつは貴族に、ラクウェイン侯爵家に相応しくないと。

しかし同時に、ラディウスは好き合っていた少女――パメラを失った。

彼女のアルカナはエインズ以下の☆1だったのだ。

☆1などという人間以下の存在と関わってなどいられない……それが、昨日まで手を握って共に歩んだ者だとしても。

貴族としてあるために、ラクウェインの名を掲げる者として、当然だった。

だが彼の不出来な弟は、そんなこと気にも留めずにパメラを救い上げてしまう。

その腹に、弟の子が宿ったと聞いた時には……はらわたが煮えくり返りそうだった。

そんな時、ラディウスは父であるジェンキンスに驚くべき宣告をされる。

――後継については公平を期す。

あろうことか、ジェンキンスはそう告げた。つまり、王位継承権のように、その決を『王の秤』のような何か第三者的視点で決定しようというのだ。

いや、そもそもそんなことを言い出すという時点で、すでに腹を決めているのかもしれない。

評判の悪い前ラクウェイン侯爵に教育された自分と、領民に愛される悪童であるエインズ……その公平とやらが、領民の評判で決まるとしたらどうだ。

両親の愛も、自由も、愛する女も……何もかも、何もかも、何もかも！

そう、何もかも犠牲《ぎせい》にして貴族たらんとしてきたのに！

またエインズワース《あいつ》に奪われるのか！

◆

水面に浮かび上がるように、徐々に意識がクリアになっていく。

「…………ッ！」

俺は、汗の滴る頭を振って目を瞬《しばた》かせた。

「いかがであるか？　主《マスター》」

「ああ、助かったよ、ナナシ。これ以上深く潜るのは無理そうだ」

途中からラディウスの意識に同調しはじめてしまった。危ないところだ。

あまり褒《ほ》められた魔法じゃない上にリスクも高いが……いろいろとわかった。

俺はラディウスの遺体……『悪性変異《マリグナント》』の蛹となった方であるが、そちらにあまり良くない古代魔法をかけて、今回の件の背景を調査している。この手の魔法は、補助者がいないと危険なので、繋《リン》がり《ク》のあるナナシに手伝ってもらった。

「……実に救われないね」

「悪魔にそう言われるとは、本人も思っていなかっただろうな」

俺が使った魔法の影響か、ラディウスの遺体はサラサラと砂のようになって崩れ落ち、風に攫われていく。これで、いよいよもってラディウスはこの世から消えてしまった。

「さて……どう伝えるか」

「吾輩が〈繋がりの糸《リンクストリングス》〉の魔法で振り分けて、そのままを伝えようか？」

「そうしようか。家族のことだし、俺の感情や意見を挟まない方がいいかもしれない」

ラディウスの抱えていた心の軋《きし》みを、後悔を、そのまま伝えるというのも酷《こく》かもしれない。

しかし、知らないまま進むということは、目を背《そむ》けて道を歩むのと同じだ。

エインズも、侯爵も、マルティィナ夫人も……みんな強い人だ。真の弔《とむら》いと、一歩を踏み出すために、ラディウスという男が何を考えていたか、そして何を求めていたか知る必要があるだろう。

「同情しているのかい？　主《マスター》」

「どうかな、少し違うけど……俺達とラディウスは、もしかしたら争わずに済んだかもしれないなって思ってさ」

「……起こってしまったことに後悔はあるかもしれないけれど、振り返るべきじゃない」

ナナシの窘めるような言葉に少しばかりの励ましを感じて、俺は苦笑する。

悪魔に元気づけられるなど、いよいよもってやきが回ったものだ。

「そうだな。驕《おご》るべきじゃない……俺ができることを、できるだけしよう。俺にできることなんて、たかが知れているしな」

◆

「さて、話を詰めていこうか」

少し憔悴《しょうそう》した様子のラクウェイン侯爵が、屋敷の会議室でいくつかの資料を広げた。

室内には、俺とレンジュウロウ、エインズ、ラクウェイン侯爵、それにマルティナ夫人が机を囲み、扉の前には初老の家令、オジェが控えている。

それ以外のメンバーには休養の時間としてあてて、席を外してもらった。

別に同席してもらっても構わないのだが、ラディウスのことを伝えるにあたって、関係の深い人間だけを集めた方がいいだろうという判断だ。

「オレは兄貴を誤解してたようだ」

エインズが小さく漏らす。

ラディウスにとってのエインズがそうであったように、エインズにとってのラディウスも、相容れない相手だったのだろう。

「私達は誰もラディウスを救ってやれなかった。そんなあの子を利用して、使い捨てたヤツがいる。私はね、そいつを心底切り裂いてやりたいと思っているんだよ」

「えぇ、リカルド王子を許すわけにはいきません」

ラクウェイン侯爵の言葉に頷いて、俺は机に置かれた箱に収められたモノを見る。

澱んだ瘴気《ミアズマ》を凝縮《ぎょうしゅく》して作られた人工の魔石。

――『穢結石《インピュアリティ》』とナナシが名付けた。

それ自体から漏れだす魔力《マナ》はたいしたものではない。

ただ、これを手元に携帯し続けると、徐々に体内魔力《マナ》と理力《オド》が汚染されて、精神に不調をきたす。

それが、『悪性変異《マリグナント》』の土壌となるネガティブな心理的要素を増大させ……充分に汚染された所持者は『穢結石《インピュアリティ》』を触媒として『悪性変異《マリグナント》』へと変貌《へんぼう》するのだ。

そして、これをばら撒いているのはリカルド王子だ。

ラディウスの記憶の奥底、彼がリカルド王子から領主に任命された時に『穢結石《インピュアリティ》』を受け取ったということがわかっている。

「ナナシ、これについては？」

「吾輩は悪魔である故に、これについて汚《けが》らわしいと言うのはおこがましいのだがね……これは、まさにそう表現すべきものだ。諸君らにとって毒にしかならない、実に冒涜的《ぼうとくてき》なモノだよ」

「なぜ、これをリカルド王子が持っているのかわかるか？」

俺の問いに、小さなナナシが机の上を歩き回りながら首を捻《ひね》る。

「予想になるが、いいかね？」

「現状、予想以上の成果は期待していないよ」

ナナシがとことこと歩いて、資料の一枚を引っ張り出す。

モーディア皇国について書かれたものだ。

「おそらくだが、この国がこれを拡散させようとしているのだと思う」

ここまでは俺の予想と変わらない。

リカルド王子本人の手持ちであれば、これまでももっと国内に出回っていていいものだ。……それに何より、元モーディア皇国の騎士である賢人エルロンが『穢結石《インピュアリティ》』を使って呪術儀式を行ったところを見ると、あの国の原産と見るのが妥当だろう。

「何故だ？　こんなものが出回れば破綻《はたん》を招くだろう。それこそ、今回のようなテロ行為でしか使えない代物《しろもの》のはずだ、コレは」

ラクウェイン侯爵の質問に、ナナシが指を立てて左右に振る。

「吾輩が思うに、まさにテロ行為なのだろう。モーディアという国は、このエルメリア王国を『悪性変異《マリグナント》』の実験場として、また生産場として利用する腹づもりだろうね」

ナナシがことこもなげに言い放った言葉は、俺達にとって恐ろしいものだった。

どれだけの量の『穢結石《インピュアリティ》』がこの国に持ち込まれたかわからないが、これが無作為にばら撒かれたりすれば、エルメリア王国は早々に滅んでしまう。

「対策は？」

「根本的には、君達が計画する国の乗っ取りを成功させて、モーディアという国の勢力を追い出すのがいいだろうね。『穢結石《インピュアリティ》』はともかく、『悪性変異《マリグナント》』は珍しくはあるが昔から時々いた。個別に対処するしかない」

　なんとも理論的で投げやりではあるが、それしかないというのは確かだ。

「あとは、主《マスター》と吾輩で『穢結石《インピュアリティ》』の解析を進めて、対抗となる魔法化薬品などを用意しよう」

「それなんだが、その『穢結石《インピュアリティ》』は俺が触れても大丈夫なものなのか？」

存在係数《コスト》の低い☆1は魔力《マナ》に対する親和性が高い。

穢《けが》れた魔力《マナ》の塊《かたまり》である『穢結石《インピュアリティ》』に影響を受けやすいのではないかという危惧がある。

「その点を君は勘違いしている。魔力《マナ》は魔力《マナ》でも、『穢結石《インピュアリティ》』に含まれているのは瘴気《ミアズマ》だ。レムシリアの魔力《マナ》に満ちた主《マスター》であれば、汚染される可能性は極めて低い」

「……なるほど」

　もしかして、モーディアが積極的に☆1を排するのはそれも一因なのか？

「じゃあ、俺は魔法道具《アーティファクト》の準備を始めます」

　ラクウェイン侯爵が頷いて了承する。

「では、私達はその間に、ナーシェリア王女殿下の受け入れと決起の準備を進めておくとしよう」

ナーシェリア王女には、準備ができ次第〝自分こそ王の後継者である〟と名乗りを上げてもらう。

そして、『王の秤』による採決をリカルド王子に対して求めるのだ。

戦闘になる可能性は否《いな》めないが、これであれば少なくとも王軍は動かせないはず。

カーツに汚染されていなければ、だが。

「殴り込みならオレも行くぜ。息子をああもしてくれたケジメをきっちりつけさせる。甥だろうがなんだろうが関係ねぇ……首を刎《は》ねてモーディアまで蹴《け》っ飛ばしてやる」

獰猛な殺気が小さな夫人から漏れてくる。目尻には小さな雫《しずく》が光っており、唇には血が滲んでいた。

さっきは自分の息子を斬ろうとしていたんじゃないのか——なんて考えるのは野暮《やぼ》だ。

少しばかり一緒にいれば、ラクウェイン侯爵夫妻の人となりはすぐにわかる。

あの時、ラディウスが『穢結石《インピュアリティ》』さえ持っていなければ、誰もが納得する形で上手くまとめてくれたはずだ。二人とも不器用ながら、ラディウスを愛していたのだから。

「では、ナーシェリア王女が到着次第、再度会議を。そういえば、第二師団の連中は？」

「全員叩き殺した」

短く、マルティィナ夫人が答えた。

怒りと勢いにまかせて、ビスコンティと共に拠点を襲って回ったらしい。

後で問題になるかもしれないが……モーディア相手に気遣いは無用だ。カーツの源流たる彼らが『穢結石《インピュアリティ》』を流しているとなれば、きっと何か意味があることなのだ。

「……『淘汰《とうた》』……」

　無意識のうちに呟いていた。

「どうした、主《マスター》」

「いや、これが『淘汰』の一端なんじゃないかって思ってさ」

　世界を滅亡させる『淘汰』のいくつかは、異界からの侵略であったとされる。

　であれば、異界の穢れた魔力《マナ》……〝瘴気《ミアズマ》〟を利用して、レムシリアの住民を人ならざる『悪性変異《マリグナント》』へと変貌させて世界の破滅を先導するモーディアは、『淘汰』そのものかもしれない。

「興味深い推察だね。ふむ……吾輩とは少し異なるが」

「……聞かせてくれ」

「いいや、まだ語るべき段階にない。吾輩から失われた知識や記憶、それらが全て戻れば説明することもできると思うが」

　小さく頭を振って、ナナシが俺の肩へと瞬間移動する。

　それを見て話が終わったと判断したのか、レンジュウロウが立ち上がる。

「では、ワシらは戻るとする。ジェンキンス、マルティナ……エインズ。ラディウスを斬ったワシを恨《うら》んでもよいぞ」

「バッカ、テメェ恨んでどうするよ。息子を救ってくれてありがとうよ」

　マルティナの震える声に、レンジュウロウが歯を噛みしめたのがわかった。

「では、失礼します。また後ほど」

当《あ》たり障《さわ》りのない言葉をかけることしかできない俺は、『悪性変異《マリグナント》』の源泉たる『穢結石《インピュアリティ》』を厳重に魔法の袋へと入れて会議室を出た。

しかし……その時すでに『穢結石《インピュアリティ》』の脅威は『エルメリア王国』をまさに侵蝕《しんしょく》していたことを、俺は後々知ることになる。

マルセルを奪還して二週間。

ナーシェリア一行を迎えた俺達は、しっかり時間をかけて準備を行なった。

近隣諸国に書状を送り、エルメリア貴族諸侯にもその旨を知らせる書簡を出す。

大々的にナーシェリア王女の王選出馬を知らせるためである。

ここまで来てしまえば、あとはリカルド王子の反応待ちだ。

仕込んだ間諜の話では、王都は相当物々しい雰囲気であるらしい。どうやって俺達を迎え撃つか考えているのかもしれない。

とはいえ、やることはラクウェイン侯爵領を取り戻す時と変わりはしない。

堂々乗り込んで、『王の秤』の採決を実行させる。

拒めば、リカルド王子のクーデターが周囲に知れ渡る。そうなれば、国の威信と信用は地に落ち
……モーディアと独断で交わした協定が明らかになるだろう。

その時点で、エルメリア王国は孤立することになる。

さすがにそれはリカルドの望むところではないはずだ。

いくらモーディアの助力があるとはいえ、周囲各国と戦争状態になり、かつ国内に反抗勢力がい

る状態の国を立ち行かせることは不可能であろう。

国政にさして詳しくない俺ですらそう考えるのだから、仮にも玉座に座るリカルド王子にそれがわからないはずはない。

「アストル、難しい顔……してるよ？」

「おっと。ごめん、ユユ」

「いいよ。でも、一人で抱え込みすぎないで？　だいじょぶ、ユユ達がついてる」

侯爵が管理する薬草園の一画のテーブルが置かれた広場で、俺とユユは優雅にお茶の時間と洒落込んでいる。

本当は侯爵邸にいた方がいいのだろうけど、ここのところ根を詰めていた俺のことを慮《おもんぱか》ったみんなが、ユユとの時間をセッティングしてくれたのだ。決してユユを蔑《ないがし》ろにしているつもりはなかったのだが、ここのところ二人きりの時間を過ごせていなかったので、正直嬉《うれ》しい。

「このお茶、美味《おい》しいね。良い香り」

「魔法薬《ポーション》用の苺の葉をブレンドした紅茶らしいよ。甘くて好みだ」

糖分は俺のような頭脳労働者に必須のエネルギーだ。

「そういえば、ナナシは？」

「紳士は席を外すそうだ。今は『穢結石《インピュアリティ》』の解析を頼んでいる」

「結構、信頼してるんだね？」

ユユにそう笑われて、自覚する。

ナナシは使い魔とはいえ、悪魔（自己申告だが）であり、信用してはいけないはずの相手である。

「なんだろうな……？　自分でも不思議なんだが、俺はナナシに気を許しているみたいだ」

「証明《エビデンス》が必要な作業は、前はアストルが自分で、してた。でも、ナナシに任せてるってことは、そういうこと、じゃないかな？」

言われてみれば、確かに。

「悪魔でも、ナナシは、良い悪魔」

「悪魔に良い悪魔はいないよ。彼らは悪いから悪魔って呼ばれるんだ」

良いギャングはいない、に通じるものがある。

「あ、アストル。お茶《ちゃ》請《う》け、あるんだった」

ユユが小さなポーチから、可愛らしい布の袋を取り出す。

「お姉ちゃんと一緒に作ったの」

いろいろな形の焼き菓子《クッキー》が、広げた袋から現れる。

バターの香りがふわりと漂って、それだけで舌の期待が高まる。

「お、これは美味しそうだ」

一つ摘まんで口へと運ぶと、どこか懐かしい独特の甘みが口に広がって、少し幸せな気分になった。

「甘い。なんだろう、懐かしいような……でも初めての味だ」

「無花果《いちじく》が入ってる。マルティナさんに教えてもらった。エインズとお兄さんの、好物だって……

言ってた、よ」

ラディウスの件は、俺達に大きなショックを与え、同時に危機感を煽るのに充分なものだった。

あの『穢結石《インピュアリティ》』の仕様についても、ナナシのおかげでいくらかは判明している。

俺達の体が、魔力《マナ》を由来とする理力《オド》で形成されているように、瘴気《ミアズマ》も同様に俺達の体に強い影響をもたらす。

だが、その特性は、通常の魔力《マナ》とは真逆だ。

つまり、☆5には容易《たやす》く反応し、☆1には強い抵抗を及ぼす。その変異を発動させるための閾値《いきち》が、☆の高さと反比例するのだ。

そして、この現象はレベルアップに似ている。

レベルアップは魔力《マナ》を理力《オド》に変換する際の再顕現現象だと俺は以前推測したが、その再顕現が瘴気《ミアズマ》によって行われた結果が、『悪性変異《マリグナント》』だと考えている。

正常ではないレベルアップ……まさに癌《がん》のような、体と精神の〝悪性変異〟だ。

「アストルはアレに触れていて大丈夫なの？」

「俺には気《オーラ》があるから、耐性上問題ないと思う」

要は瘴気《ミアズマ》を体内に滞留させなければいいのだ。

とはいえ、この対策がとれるのは俺やレンジュウロウなどのごく少数と……そもそもこの世界のルールから逸脱しているナナシくらいだ。

今研究している魔法道具《アーティファクト》などで対策すれば、瘴気《ミアズマ》に対抗する手段がないこともない。

「ん。じゃあ、安心」

ユユが俺の手に触れて、ふわりと両手で包む。

この柔らかさがある限り、俺はあんなものに呑まれやしない。

二人でとりとめのない話をしてお茶を飲み、薬草園を散歩して回る。

これ以上の幸せなど思いつかないというほどに、俺は満たされていたが……それを続かせることを許さない現状が迫っていた。

「アストルさん」

どこからともなくチヨの声が聞こえてきた。

「何かありましたか？」

「はい。非常にまずい状態に事態が動きました。屋敷に戻ってもらっていいでしょうか」

「ユユ、すまない。休暇はこれまでのようだ」

「ん。戻ろ」

ユユが俺の手を握って、並び歩く。その前を先導するように、チヨが俺達の前に姿を現した。

様子が少しおかしい。沈着冷静な忍者として訓練を積んだチヨらしからぬ、やや焦った雰囲気だ。

「何があったんです？」

「リカルド王子が……宣戦布告しました」

「宣戦布告？　誰に対してです？」

「……大陸全土に対して」

チヨの返答を聞き、俺の頭に混乱が広がる。

リカルド王子は一体何を考えているんだ？

エルメリアは確かに大きく、今その背後で暗躍するモーディアも強い軍事力を持つ国ではある。

だからといって、大陸全てを敵に回すなど、月に魅入《いかれてる》られたとしか思えない。

「一体何が起こっているんだ……？」

焦る俺の手をユユが握る。

「落ち着いて、アストル。できることを、しよう」

そうだ。俺一人で考えたところでたかが知れている。

ここまで話が大きくなってしまっては、悩むだけ無駄だ。

「ナナシ！」

「何かね？」

俺の呼びかけに、ポンッといささか可愛らしい音を立てて、使い魔《ナナシ》が肩に現れる。

「瘴気対策《ミアズマ》、どうだ？」

「この件に、モーディアが絡んでくると言うのかね？」

「そうとしか思えない。ああ、なんだか背中が落ち着かない。……悪いことが起こりそうな予感がしてならないんだ」

ナナシが何もないところから小さな小瓶を出現させて、俺の手に放る。

「試作品第一号だ。これを作るのに『デミ・コア』を一つ使ってしまったがね」

「コストがかかりすぎるな……。あとで俺も研究工房《ラボ》へ行くよ。作れるだけ作ろう」

とはいえ、『ダンジョンコア』の亜種で粗悪な代用品である『デミ・コア』を生成するのは、かなり骨が折れる作業だ。現状ではどれだけ急いでも、満足な量は作れないだろう。自分の無力さ加減に嫌気がさす。


「……！」


ナナシが周囲を見回すような仕草をする。

繋《リンク》がりからは、驚いたような感情が俺に流れ込んできた。

「どうした？」

「わからない。ただ、妙な気配がする。魔力《マナ》がざわついている」

「……確かに」

精神を集中させると、確かに妙な気配……というか、大気や大地の環境魔力《マナ》に揺らぎのようなものを感じる。どこかで誰かが大きな魔法でも使ったのだろうか。

「これも関係あるかもしれない。とにかく急ごう」

「わわっ」

強化魔法を使って横を歩いていたユユを抱え上げ、走る。

チヨやフェリシアには及ばないが、こうすればそれなりの速度で駆けることだって可能だ。

「もう……びっくり、した」

「驚かせた？　すまない」

「いいよ。楽ちん」

ユユが朗らかに笑って、俺に抱きつく。

緊張する俺に気を遣って、緩い空気を出してくれているのだろう。

……助かる。こういう時、焦りがちな俺がペースを保つのに、彼女の存在は欠かせない。

元の生活を取り戻して人通りが増えているマルセルの街を、ユユを抱えながら駆け抜ける。

少しばかり目立つが、仕方あるまい。

大通りをまっすぐに抜けるだけなので、それなりの速度が出せたおかげで、俺達は短時間で侯爵邸へと戻ってこられた。

「……到着っと」

ユユをゆっくりと地面へ降ろす。

俺達に気が付いた執事の一人が、扉を開いて中へと促してくれた。

「皆様、会議室でお待ちです」

頷いて、廊下を早足で歩く。

侯爵屋敷の中を、俺のような平民がこうもずかずかと歩くのは本来憚《はばか》られるのだが、緊急事態だ、許してもらおう。

「ユユはどうしよう？」

「ユユも同席してくれないか？　……正直、少しばかり緊張している。そばにいてくれると助かるんだけど」

「ん。任せて」

その時俺は、自分がどんな顔をしているのかわからなかった。……が、あまり良い顔色をしていなかったのだろう。ユユは二つ返事で頷くと、俺の手を握って微笑む。

「だいじょぶ。ユユがついてる。みんなで、考えよう？」

「ああ。そうだ。……そうだな」

そうだ、俺は……俺達は冒険者なのだ。

充分にコミュニケーションをとって、全員で事に当たる。

俺一人で心配したり突っ走ったりしたって仕方がない。

「……遅くなりました」

扉を開けて、会議室へと踏み込む。人口密度はかなり高い。

エインズを筆頭とする俺達のパーティに、ラクウェイン侯爵夫妻、イジー、リック。

ナーシェリア王女にミレニアと、その護衛役となるデフィム、女騎士オリーブ。

それに、妹《システィル》が連れてきた記憶喪失の少年レオンの姿もある。

フェリシアとビスコンティは、部屋の端でこちらの話を聞いているようだ。

「アストル、来たか。こちらに参れ」

レンジュウロウが、俺とユユをテーブルの中央に近い席へと誘う。

「何が起きたんです？」

「侵略だよ」

短く答えたラクウェイン侯爵の顔には、焦燥《しょうそう》と憔悴が見えた。

それほどまでにもたらされた情報は恐ろしいものだったのか？

「王都に出していた間諜が戻ってきた。戻ってこざるを得なかった」

「何故？」

「王都エルメリアは現在、『迷宮《ダンジョン》』と化している」

「え？　何がどうなっているんだ……!?」

耳を疑った。

混乱する俺の肩で、ナナシが小さく呟く。

「――魔王が、復活したのだろう？」

囁《ささや》くような声だったが、それは会議室を静寂に包むに充分なものだった。

「なんだって？」

問い返す俺に、ナナシが向き直る。

「『悪性変異《マリグナント》』などというものが発生した時点で、警戒するべきだった。そのダンジョン……『魔王城』となっているのではないかね？」

初めて聞く言葉だ。いや、そのまま受けとれば、魔王の城なのだろうが。

「そうなると、主《マスター》が警戒していた『淘汰』が始まったと見ていいのか？　ふむ、吾輩にも判断しかねるな」

「そこの判断はともかく、状況には対処せねばならない」

ナナシの自問自答に割り込む形でラクウェイン侯爵が、冷静な声を発した。

「状況の変化があったとはいえ、やることは変わらない。ナーシェリア王女をエルメリアの王として立てる。このような状態になった今、状況を打開できるのは超大型ダンジョンコア『シェラタン・コア』を使った正常化だけだろう」

「ってことは、『魔王城』とやらの攻略が必要ってわけか？」

エインズの問いに答えたのは、ナナシだ。

「まず『魔王城』について説明する必要があると思うが、どうかな？」

「頼む、ナナシ。聞いたことがない言葉だ」

ナナシ曰く……『魔王城』とは迷宮《ダンジョン》の性質を持った、魔王の支配地域である。

魔王がいかなる存在であるかというと、この世界《レムシリア》を押し潰そうとする『淘汰』の一種で、かつ変貌させようとするものである。つまり、ただ単なる滅亡や破壊をもたらす存在ではなく、世界そのものを塗り潰すのが目的の一つであるということだ。

そこが、災害系の『淘汰』とは異なる。

そして、その最たる例が瘴気《ミアズマ》だ。

それに触れたレムシリアの動植物は存在を蝕《むしば》まれ、姿と性質を変貌させる。

今は『穢結石《インピュアリティ》』を使った限定的なものにとどまっているが、魔王が完全に復活してその力を揮いはじめると周囲にまで影響が及びだす。

そして、その力の一端が『魔王城』だ。

「言うなれば、世界の小規模な〝悪性変異〟だよ」

ナナシの言葉に、全員が小さく息を呑む。

ラディウスがああなったのを知っている俺達にとって、瘴気《ミアズマ》によって引き起こされる〝悪性変異〟は、トラウマを刺激するワードだ。

「現状だと、『悪性変異《マリグナント》』への対抗手段が少ないだろうね」

「さっきの、魔法道具《アーティファクト》は？」

ユユの質問に、ナナシが少し考えてから小さく首を振る。

「数と時間が足りない。『魔王城』に入るなら時間との勝負になるだろうからね。主《マスター》にはもう『デミ・コア』を作っている時間はないだろう」

「どういうことだ？」

「吾輩が思うに、この気配は『魔王』ではない。おそらく『魔王城』を形成したのは別の要因か、支配下にいる何者かの行動だろう。だが復活は時間の問題だろうね」

まさか、と俺は思考を巡らす。

「主《マスター》、カンがいいと気苦労が絶えないね？」

黙ってやり取りを聞いていたラクウェイン侯爵が俺に向き直る。

「どういうことかね、アストル君」

「リカルドか誰か知らないが……おそらく、魔王の復活に『シェラタン・コア』を使うつもりでしょう」

「な……ッ！」

ラクウェイン侯爵だけでなく、ほぼ全員が絶句する。

俺だって、そんな事態を考えたくはない。

ただ、澱んだ魔力《マナ》ともいうべき瘴気《ミアズマ》の凝縮体である『穢結石《インピュアリティ》』は、その組成上、俺とナナシが作り出す『デミ・コア』……と言うよりも『ダンジョンコア』に組成が近い。なんらかの方法で、『シェラタン・コア』を超大型の『穢結石《インピュアリティ》』に変化させる方法があるとしたら？

魔王という神にも等しい『異貌の存在《イモータル》』を完全に――いや、全盛期以上に復活させることが可能になるかもしれない。

「儀式の副産物としての『魔王城』化の可能性は否めない。どうだい？　急いだ方がいいだろう？」

会議室がしんと静まる中、エインズが立ち上がる。

「オレらが行く」

「それがいいじゃろうな」

同じく、レンジュウロウが立ち上がり、会議室の面々を見回す。

「現状を理解し、パーティとして機能しておるのはワシらだけじゃ。魔王城とて迷宮《ダンジョン》であれば、我ら現役冒険者の出番であろう」

「ああ、俺も賛成だ。少しは〝魔導師《マギ》〟らしく仕事をしてみせるさ」

俺に続き、ミントとユユも賛同を示す。

「アストルが仕事できるように支えるのは、アタシ達の仕事よ。ね、ユユ」

「ん。ユユ達には、伝承魔法も、ある。きっとアストルの力になる」

そして、何も言わずとも、チヨはレンジュウロウに付き従うだろう。

その言葉を聞き、ラクウェイン侯爵が頷く。

「任せる。上手くやってくれ」

期待のこもった視線が俺達に集中する。

こんな時、どんな態度でいていいのかわからない俺は、ただ小さく頷いた。

「お待ちください」

さっそく動き出そうとした俺達を、そう静かに呼び止めたのはナーシェリアだ。

「わたくしもお連れください。敵の目的が『シェラタン・コア』であるというなら、王族であるわたくしの力が必要となるはずです」

冷静に言っているが、おそらく心中はもっと感情的だろう。自分の故郷であり、家であった王都をめちゃくちゃにされて黙っていられるわけがないのだ、このお転婆王女《てんばおうじょ》が。

「それは、しかし……危険が過ぎます」

言い澱むラクウェイン侯爵に、ナーシェリアが力強い視線を返す。

「この危険に立ち向かわずして、王族とは名乗れません」

そう強く言い切るナーシェリアには、もはや弱かったあの頃の面影《おもかげ》は全くなかった。

「ふむ。姫殿下の助力が請《こ》えるなら重畳《ちょうじょう》ではないかね？　おそらく王族のアクセス権限がなければ『シェラタン・コア』を利用できないだろうしね」

ナナシの言葉が決め手となったようで、観念したラクウェイン侯爵が小さく息を吐いた。

「アストル君、可能かね？」

どうして俺に聞くのか。リーダーはエインズだというのに。

だが、問われれば答えるしかない。

「可能だとは思いますが、護衛は必要でしょう。俺達はあくまで行動部隊ですからね」

「デフィム・マーキンヤー、行けますね？」

「もちろんです」

当然と言った顔で姫殿下の護衛騎士が答えた。

「では、王都に向かうのはこの八人とする。それ以外の者はここに残り、反抗組織《レジスタンス》と共に、マルセルで敵を食い止める」

王都直近のこのラクウェイン侯爵領はおそらく、魔王による最初の攻撃にさらされる可能性が高い。

「早速だがヴァーミル卿、反抗組織《レジスタンス》を率いて陽動を。〝魔導師《マギ》〟一行が王都……『魔王城』に侵入する手助けが必要だ」

「任されたぜ、侯爵様」

「では、わたくしはその支援に参ります」

ミレニアの言葉に、リックが軽く笑う。

少しばかり二人の雰囲気が変わったか？

俺の知らないところで、何か好ましいことがあったのかもしれない。

「細かいところは、動きながら詰めていこう。諸君、各々の準備を開始してくれたまえ」

ラクウェイン侯爵の号令に全員が頷いて、行動を開始した。

◆

「準備はいいかね？」

冒険装束に身を固めた俺達を一見して、ラクウェイン侯爵が確認の言葉を口にする。

「できるだけの準備はしました。あとは、天運に任せるのみです」

どの天に任せるべきかはわからないが、つまるところ後は運の問題だ。

もう少し準備に時間が欲しかったが、状況的にそうも言っていられない。

少しでも早くエルメリア王都──『魔王城』に到達しなくては。

「相棒、無茶はしてくれるなよ？　一回死んでいるってこと、自覚しろよな」

「ああ、わかってるよ。終わったらミレニアとのこと、いろいろと聞かせてもらうぞ、リック」

「おうよ。だから生きて戻れよ」

リックと拳を打ち合わせて笑みを交す。

そんな俺達の背後では、姉妹とミレニアが向かい合っていた。

「お二人も、準備はよろしいですか？」

「〝白雪の君《サーメッティア》〟も調整してもらったし、準備は万全よ」

「ユユも新しい杖、もらったし。だいじょぶ。それに、アストルが、きっとなんとかしてくれる」

「アストルが無理しないように見ていてね」

「うん。ミレニアも、気を付けて」

姉妹がミレニアと軽く抱擁《ほうよう》する。

「んじゃ……ミレニア、行こうか？」

「はい」

俺達に軽く手を振って、リックとミレニアが駆けていく。

陽動で動く二人にどんな危険が待っているかわかったものじゃないが、それはその先に進む俺達も同じだ。

だが、行かねばならないし……その最奥《さいおう》にある『シェラタン・コア』に辿り着かねばならない。

それに、少しばかり気がかりなこともある。

先に『シェラタン・デザイア』へ向かった母のパーティの安否が不明なのだ。

母とあの人達のことだ。きっと無事ではいるだろう。むしろ、今頃すでに王都が灰と瓦礫《がれき》の山になっているんじゃないかと思うくらいには信頼している。

うちの母はそう容易くはない人物なのだ。

「アストル、気を付けるんだよ。ボクもついて行きたいけど……」

「フェリシア姉さん《ねえさん》こそ、無茶しないように。みんなを頼んだよ」

「任されて。帰ってきたら、お姉ちゃんとデートの刑だからね？」

「はいはい。ちゃんと、帰ってくるよ」

心配そうな姉と軽い抱擁を交わして、離れる。

今生《こんじょう》の別れでもあるまいし、そう名残惜《なごりお》しくすることもない。

そう、必ず帰ってくるのだから。

「じゃあ、そろそろ出発しよう。リック達が陽動してくれているうちに抜けてしまいたい」

見送りに集まった諸人《もろびと》に会釈《えしゃく》して、特別製の馬車へ乗り込む。

ラクウェイン領都《マルセル》の魔法道具《アーティファクト》職人総出で強化した、敵地を強行突破も可能にする丈夫な馬車だ。

「うむ。道中はワシが手綱《たづな》を握る……っと、おおい」

御者席にはなぜかビスコンティがすでに座っている。

「オレが馬車を動かすんでェ、旦那は後ろで休んでなァ。馬車番としてついていくぜェ」

面食らった様子のレンジュウロウに、ラクウェイン侯爵が事情を補足する。

「私が許可したんだ。馬車番としてついてもらうことにした」

馬車には、食料や魔法道具《アーティファクト》、薬品類が満載だ。

野盗の類に狙われたとしてもこのメンバーで対処できない連中が出るとは思えないものの、確かに俺達だけで行けば『魔王城』に侵入する間、馬車を放置することになる。

全部を持ち込めるわけではないので、馬車番はいた方が安全だ。

それに、敗走の場合も視野に入れるなら、そういった役割の人間も入れておくべきだった。

……早速、俺の采配《さいはい》ミスが露見《ろけん》したぞ。大丈夫だろうか。

俺達の出発に周囲がにわかに騒がしくなる中、一人の兵士が駆け込んでくる。

「緊急です！」

「何事か」

兵士がラクウェイン侯爵の前で片膝をついて報告を始める。

「黒い化け物……『悪性変異《マリグナント》』の発生が報告されました」

「場所は？」

「現在報告されているだけで、領内の東にあるレコボの町、バーグナー伯爵領西部、バーグナー領都でも一件。おそらくまだ増えるかと」

「始まったか……！　冒険者ギルドに早馬を出して緊急クエストを貼らせろ。金は多めに積めよ！あと各冒険者ギルドに例の魔法薬《ポーション》を流通させろ」

「はッ」

ラクウェイン侯爵の号令に短く返事した兵士は、再び走り出す。

「ラクウェイン侯爵閣下、後を頼みます」

「ああ、例の魔法薬《ポーション》で当面は凌《しの》がせてもらう。原因の排除は任せた……〝魔導師《マギ》〟アストル」

瘴気《ミアズマ》の理力《オド》侵蝕を改善する魔法薬《ポーション》をラクウェイン侯爵に頼んで量産してもらった。

対『悪性変異《マリグナント》』であれば、強力な効果を発揮するはずだ。

「マルティナ、行こうか」

「ああ。好き勝手させるつもりはねぇ！」

ラクウェイン侯爵夫妻もそれぞれの戦場に向かうようだ。

「それじゃ、行くぜェ」

全員が馬車に乗り込んだのを確認したビスコンティが、馬車を発進させる。

俺は多少の緊張を感じながら馬車に揺られ、遠ざかるマルセルを見ていたのだが――

「ん……？」

町の方向から猛然と走ってくる影があった。

その影は、容易く馬車に追いついて、するりと俺達の目の前で止まった。

現れたのは、少し照れくさそうに頭を掻く黒髪の少年。

「レオン？」

「アストルさん、ちょっと遅れたっす。オレもこっちに参加で」

「それならそれで先に言ってくれれば……」

「ちょっと用事っていうか、野暮用で席外してたんで」

そういえば、ナーシェリアがマルセルに入ってから彼の姿を見ていなかった。

レオンに関しては取り扱いに困るところがあって、行動を制限していなかったのが裏目に出たか。

「ま、大船に乗った気でいてくださいよ。色々とね」

何やら含みのある目で俺を見てから、レオンが笑った。

「ま、いいじゃない。レオンは強いし」

「さすがミントさん。わかってる」

単純でいいな、君達は。とはいえ、確かにミントが言った通りレオンはあてにできる戦力だ。レンジュウロウ曰く、彼も『伏見《ふしみ》』の業《わざ》を操る人間であるらしいし、相当強いのは俺も知っている。

「おい、貴様。どういうつもりだ」

一方、デフィムは眉根を寄せて眼光を鋭くする。

守護騎士の彼としては、記憶喪失の素性もよくわからないような男が、主《あるじ》の――何より敬愛する姫君の周りにうろつくのは我慢ならないのだろう。

「デフィムさん……オレはただ、ナーシェさんの力になりたいだけですよ」

困ったような顔をするレオンに、ナーシェリアが真剣な面持《おもも》ちで尋ねる。

「レオン、わたくしからも尋ねます。まさかとは思いますが、軽い気持ちでここにいるのではないでしょうね？」

「ナーシェさんが今回の攻略戦に命を懸けるように、人には命の懸け時と理由がありますから。オレはナーシェさんのために命を張らせてもらいます」

少し飄々《ひょうひょう》としながらも、レオンの口調からは強い決意が伝わってくる。

知り合ってそう長くないとはいえ、俺の知る彼とはほんの少し違う感じがした。

何か、彼を成長させるような出来事でもあったのだろうか。

「わかりました。信じましょう。頼りにさせていただきます、レオン」

そう告げて、ナーシェリアがデフィムに目配せする。これ以上の追及は無用だという合図だろう。

「解決したかァ？」

こちらを気にするビスコンティの肩を叩いて、出発を促す。

「ああ、行ってくれ。そういえば、ビスコンティもすまないな」

「気にするなァ。勝手言わせてもらっただけだァ……これがモーディアの仕業ってんなら、オレだって何かやるべきだし、あんたらについてった方が気楽ってのもあったからねェ」

確かに、俺達の知り合いという縁で合流したが、残っていればモーディアの出身であることから肩身の狭い思いをしたかもしれない。

誰の目にも彼が味方であると明らかだろうが、理屈ではない部分もある。

特に、リック率いるヴァーミルの軍は、多くが民兵で構成されるため、どこでビスコンティに対する不満が噴出するかわからない。実際に事情をその口から聞いた俺達と一緒にいる方が、彼にとっても安全だ。

「よし、予定通り迂回《うかい》しつつ北上しよう。チヨさん、悪いけど……」

「先行警戒はお任せくださいませ」

「吾輩も手伝ってやろう。普通の生物はともかく、『悪性変異《マリグナント》』や『異形の獣《ビースト》』相手であれば鼻が利くのでね」

ナナシがチヨの肩へと飛び移って、座った。

「『異形の獣《ビースト》』？」

俺は初めて聞く言葉に首を捻る。

『悪性変異《マリグナント》』が瘴気《ミアズマ》によって人が変貌した姿なら、『異形の獣《ビースト》』は魔物や獣が瘴気《ミアズマ》を取り込んだものだ。いずれにせよ、吾輩であれば離れていても、気配を察知できる」

魔力《マナ》が理力《オド》へ変化するというルールに、瘴気《ミアズマ》が干渉する特性を持つ以上、動植物も影響を受けるのは当然のことだ。

こう考えれば、今回の一件はまさに『淘汰』と言うべき大きな危機だ。

何せ、レムシリアの生物を丸ごと穢して塗り替えようとしているのだから。

「では、行ってまいります」

「じゃあ、こっちも行くぜェ」

チヨが荷台を飛び出したのと同時に、ビスコンティが馬に鞭《むち》を入れる。

流れる景色が速くなっていくのを感じながら、俺は思考を回転させる。

どうしてそんなことをしているかというと、今回の作戦……俺がリーダーに指名されたためである。

確かに、この事態についての知識を持つナナシと連携がとれる俺が指揮した方が、効率はいい。

しかしエインズ達歴戦の冒険者のような判断が俺にできるかというと、それは否だ。

だから、シミュレーションをいくつも、そして何度も繰り返して、想定パターンを増やしていく。

俺にできることと言えば、知識とそれに基づく予想からなる作戦の立案だ。

その知識にしたって、今回は豊富とは言えない。

勉強しかできないのに知識不足とは、すでに破綻していると自嘲《じちょう》してしまうが、それでもなんとかしなくてはならない。

「アストル。気負いすぎ、だよ」

「う、顔に出てたか？」

ユユに指摘されて我に返る。

「うむ、顔に出すぎじゃ。案ずるな、何も全てをお主に委《ゆだ》ねるわけではない」

レンジュウロウが口角を上げて牙を見せる。

相変わらずの物騒《ぶっそう》な笑顔だが、今は少し安心した。

「先生。上に立つ者の教えを一つ」

ナーシェリアが少しばかり得意げな顔を俺に向ける。

〝上に立つ〟という経験では、彼女が圧倒的に先達であり、先生と呼びたいのはこちらなのだが。

「ただ、指せばよいのです」

「指す？」

「そう。上に立つ者は細かなことを考える必要はありません。ただ、やりたいこと、やらねばならないことを見て、方向を指せばよいのですよ。自分を担ぐ者が、そこへどう向かうかは、任せればいいのです」

信頼せよ、というわけか。

「始まりと終わり――それだけが、上に立つ者に求められるものです。もちろん、共に進むことは必要で重要ですが、孤独であってはいけないのです。上に立つからといって、全てを抱えて持つのは愚かなことです」

「どういう意味なんだ？」

「旅人にたとえてみましょう。目指す目的地が暗い森の先にあるとして、たった一人で地図を見て、カンテラを携え、荷物を背負い、草と枝を払い、脅威に備え、有事とあっては剣を振るう。寝ることもかなわず、休むこともできず、それでも道なき道を進むのは賢い選択ですか？」

小説家になりたいと言っていたナーシェリアのたとえは、とても真に迫っていた。

そんな旅人はただの愚か者だ。

「……先生なら、もうおわかりでしょう？　冒険者ですもの」

「ああ。地図を見て、方向が合っているかどうかを示す……それが俺の役目か」

ナーシェリアが頷いた。

話を聞いていたエインズが快活に笑って、俺の肩を叩く。

「さすが、上に立つ人は説得力が違うぜ。アストル、そう気負わなくていいぜ。お前はいつも通りでいい」

「ああ。切羽詰まったら助けてくれよ、エインズ。相手は『淘汰』なんだからな」

和やかな雰囲気が溢《あふ》れる中、途中乗車のレオンが少し思案げな顔をして……それから口を開いた。

「……あー、やっぱアストル先生だけじゃなくて、全員に話しとくか」

レオンが大きなため息と共に、居住まいを正す。

「？」

束《つか》の間《ま》の静寂に包まれ、注目が集まる中、レオンは頭を掻きながら申し訳なさそうに告げる。

「その……オレ、たぶんアストル先生の言うところの『淘汰』の一端なんすよ、たぶん」

レオンが『淘汰』とは……一体なんの冗談だろうか。

付き合いがそう長くないとはいえ、俺は彼の人となりをそれなりに知っている。

そもそも、『淘汰』が俺の妹の危機を救ったりするものか。

それに、レオンは俺がウェルスでエルロンに襲われた時も率先して戦ってくれた。

そんな奴が人類に対する脅威だなんて、とてもじゃないけど信じられない。

「レオン。それでは意味がわかりません。きちんと順を追って、そう思う根拠を示しなさい」

ナーシェリアにコクンと頷いたレオンが、きりりとした顔で続ける。

「そうすね。まず、オレは記憶喪失なんかじゃない」

それは薄々わかっていたから、そう驚きはしない。

「ど、どういうことよ！　アタシ達を騙してたの？」

……ミント？　驚いたフリはいいんだぞ。

「ミントさん、そういうわけじゃないんだ」

レオンは困った顔をして、両手を振る。

「端的に言って、オレは異世界か異次元の人間だ。アストルさんの言うところの『異貌の存在《イモータル》』みたいなものなんだと思う」

「……それで存在係数《コスト》が安定しないのか……！」

レオンが『異貌の存在《イモータル》』であるというなら、あのスキルと存在係数《コスト》の不安定さに説明もつく。

そもそもこの世界の外の存在なので、この世界のルールに当てはめるための要素が足りないのだ。

『レベル確認スクロール』で確認する度にスキルや☆の数が増減しているのはそのせいか。おそらくレオンが料理をしたいと考えれば【料理】スキルが、戦いをしたいと考えれば戦闘系のスキルが表示されるのだろう。

あくまでアレは二十二神が作ったシステム内で、俺達レムシリア人をカテゴライズして評価するためのものだから。『異貌の存在《イモータル》』であれば、条件自体が合致しない。

「ふむ。どうしてレムシリアに？」

「オレの世界で神隠し……行方不明者《ゆくえふめいしゃ》が大勢出て、オレはお師匠様の手伝いで調査していたんだ。で、気が付いたらここに来ちまってた」

「そうか。なら逆に俺はレオンを信用するよ」

俺の言葉に納得がいかないのか、ミントが不思議そうな顔を向ける。

「どうしてよ！　敵かも――『淘汰』かもしれないのよ」

「レオンのステータスを何度確認しても絶対に現れるスキルがあっただろ」

「……あ」

レオンに何度スクロールを使用しても、変わらずに存在し続けるスキル――そう、【勇者】だ。

それは、困難に立ち向かい、弱きを助け、悪意を払い、希望を灯す人に神から運命的に与えられるレアスキルだとされる。

もはや俺は二十二神を妄信《もうしん》することはないとはいえ、【勇者】のスキルを持つ者達はことごとくそういう性質を持つとされているのだ。

……同じく【勇者】を持っているシスティルにもその性質があるかは少々怪しいが。

「レオンが【勇者】をいつも表面化させているってことは、いつだって俺達の……この世界の味方でいてくれたって証拠じゃないか？　それに、自分に都合の悪いことをこうやって正直に話してくれている。……だから、俺はレオンを信用するよ」

「ん。ユユも。レオンは、困ってる時に、困ってる人を、助けられる人、だよ。システィル達から、話……聞いたから」

「ええ、わたくしも。あのポートアルムに『大暴走《スタンピード》』が迫る中、見知らぬ世界のために戦ったレオンが、わたくし達を裏切っているなんて思えませんわ」

俺達の言葉に、レオンは少し照れ臭そうに顔を赤くして俯いた。

「悪かったわ、レオン。謝る」

「いいすよ、ミントさん。オレが怪しいってのはわかるし、得体が知れないってことも自覚してる」

一呼吸おいて、レオンが再度口を開く。

「オレが元いた世界と、このレムシリアが……重なり合ってぶつかろうとしてる。難しい話はよくわかんないけど、世界自体がぶつかり合うのは相当まずいことだろ？　オレやオレが調査してた行方不明者は、おそらくその影響で次元の狭間《はざま》に呑まれたんだと思う」

それを聞いて、俺は血の気が引くのを感じた。

「……『次元重複』!? ああ、くそ……! 本当なら確かに『淘汰』に相応しい脅威だ」

それは学園都市の一部の賢人が研究している、ごくごく限定的な……そして荒唐無稽な〝理論上あり得るが、実際には起こり得ない災害、あるいは現象〟である。

魔法で限定的にそれを起こすこともできるものの……はっきり言って危険すぎて実験自体も行われていない。

「聞いたことがないのう。なんじゃ? それは」

レンジュウロウが首を捻る。

「このレムシリアに、別の『異貌の存在《イモータル》』が住まうような世界をぶつけるんですよ」

「よくわからぬな。世界に世界をぶつける……?」

概念的な説明は、やめておこう。

何よりも理解すべきはその脅威と、起こりえる結果だ。

「そうですね、レンジュウロウさんとエインズ……二人は種族こそ違えど同じ人間です」

「然り」

「では、その二人を一人分の人間しか入らない場所に同時に押し込むとどうなります?」

「ふむ、筋肉量によるが……おそらく力の強いワシがエインズを押し出すのではないか?」

「それでも無理やり押し込んだ場合は?」

「双方死ぬであろうな」

「……それが『次元重複』によって起こることです」

みんな事の重大さがわかったらしく、馬車内が静寂に包まれる。

しかも、レオンがこちらにいるということは……生体が無事なまま次元を渡れるほどに世界同士が接近している——あるいはすでに一部がすでに接触しているということだ。

「オレはその『淘汰』の先触れなんだとさ。オレにそう言った奴がいる」

「誰なんだ？」

「神みたいなモノだと言ってた。この境界を管理する者だとも。『E．E．L．』なんて名乗ってたけど、正体はわからない」

その名を……俺はどこかで聞いたことがある気がする。

……いいや、今しがた思い出した。

俺はダマヴンド島で死んだ時に、『それ』に会っている。

「……不滅《エターナル》……終焉《エンド》……記録者《ロガー》。それぞれの頭文字をとって、『E．E．L．』——〝永遠と終末の記録者〟」

思わず口から出た呟きに、レオンが目を見開く。

「そ、そう！　そいつ。知っているのか？　アストル先生」

「会ったことがあるよ。顔は思い出せないけど」

「オレもだよ。でも、そいつが言うには、境界が薄っぺらくなって、世界が近づきすぎてるって。

今にぶつかって滅びるぞって」

他のメンバーにとっては眉唾《まゆつば》だろうが、俺にはわかる。

レオンの話は本当だろう。

あいつの手によって、俺は死後一度次元を超えて……舞い戻ってきたのだから。

——まさかもう一回、向こうで死ぬ羽目になるとは思わなかったが。

「対処法は？　何か言ってたか？」

「今この世界に大きく干渉しているヤツを〆ろってさ」

「つまり……魔王か。『次元重複』を魔王が意図的に引き起こしてるってことか？」

「たぶんね」

そもそもが『淘汰』として存在した魔王だとすれば、ありえない話じゃない。

「あと、もう一つ」

そして、レオンは俺をじっと見つめて、少し申し訳なさそうに告げた。

「あとはアストル先生に任せた……って」

俺に丸投げとは……神なんて名乗っておいて、無責任が過ぎやしないだろうか。

とはいえ、俺の記憶の中の『E.E.L.』も、そんなことを言いそうだとは思う。

放任主義ではあるが、解決の糸口を用意してくれているだけましだ。

「とりあえずは現状の問題を解決しよう。復活しようとしている魔王とやらが、レオンの『淘汰』にどう絡んでくるかわからない……考えるだけ無駄だな」

「然り。しかし、レオンよ……その行方不明者とやらは見つかったのか？」

「いや、ダメだな。この世界はオレがいた世界と比べて危険が多すぎる。無事に次元を渡れていたとして、生きてる可能性はあまり高くなさそうだ」

それを聞いて、ふと疑問が湧《わ》き上《あ》がる。

「レオンの世界の人間は、みんなレオンくらい強いのか？」

「いや、オレは特別に鍛えて……鍛えられてるからな。あぁ、もう修業したくない……」

青い顔をして呟くレオンに、何やらぞくりとしたものを感じながら、触れてはいけない話題と悟った俺は、話を切り替える。

「『E.E.L.』に会う方法があればいいんだけどな」

この世界の管理人を気取る二十二神とは違う、境界の監視者たる『E.E.L.』に、もっと具体的な解決法を尋ねることができれば……

「しかし、死後に出てくるような者であろう？　あまり信用しすぎるのものう」

「そうよ。今この瞬間に助けてくれない神様なんてのに頼ってらんないわ」

レンジュウロウとミントの言葉を聞いて、確かにと俺は考える。

俺に任せるとレオンに告げた以上、あの放蕩な神はどうせ同じことしか言いやしないだろう。

「なんにせよ、今できることをして、現状を何とかしねぇとな」

「モーディアがどこまで関与してるのかもわからないしねェ」

エインズとビスコンティがそれぞれ考えを口にする。

「そうだな。魔王の件にどこまで関与しているか……か」

十中八九、今回の魔王復活はモーディアの主導によるものだろう。

そもそも、モーディア自体が魔王か、あるいはその崇拝者《すうはいしゃ》によって作られた国の可能性が高くなった。

百年単位のスパンで、このレムシリアを滅ぼそうと準備を整えてきたのだろうが……それになんの意味があるのか？

スケールが大きすぎてわからないが、レムシリアを滅ぼすこと自体に何か意味があるのかもしれない。でなければ、そうする理由が見当たらないしな。

「急ごう。この馬車は特別製だし、限界まで走ろう」

技術と魔法道具《アーティファクト》の粋《すい》を結集して作られた馬車が、街道を疾走する。

行き交う商人の姿も、うろつく獣の姿もない。

ただ、なんの気配もしないこの状態が、充分に俺達に異常を知らせていた。

◆

「……戻りました」

馬車を走らせていると、チヨが後部から飛び込むようにして入ってきた。

「どうであった？」

レンジュウロウに問われ、チヨが淡々と報告する。

「特に危険はありません。ただ、人の気配もないのです。獣もほとんどいませんでした……まるで誘われているような、そんな気分です」

言い得て妙だ。各地で一斉に『悪性変異《マリグナント》』が発生しているというのに、その中心地へと向かう道程に全く危険がないなんて、疑ってしかるべきだろう。

「まずはこの先にある集落を目指そう。集落で情報収集すれば何かわかるかもしれない」

——そのまま馬車を走らせること、数時間。

そろそろ尻と腰が痛くなってきた頃、俺達は最初の目的地である小さな集落に到着した。

……が、そこはすでに集落とは呼べない状態だった。

「だめ、誰も、いないみたい」

探知魔法を展開したユユが不安げな声を漏らす。

彼女の探知魔法で誰も発見できないとなると、お手上げだ。

ナーシェリアもこの状況に困惑して眉をひそめる。

「完全に無人とは、どうしたことでしょう」

「防護結界は壊されているな……機能していないようだ」

俺が調べた限り、集落に数か所設置されている結界石はことごとく破壊されていた。

しかし、集落そのものに破壊の痕跡はない。

「……馬車の轍《わだち》と鉄靴《ブーツ》らしい足跡を見つけました」

チヨの報告を聞き、嫌な予想が頭をよぎる。

まさかとは思うが、集落全員を王都に移送したのではないだろうか。

『暗黒竜《アズィ・ダカー》』の時に思い知ったが、使い潰そうと思えば人間は良い魔力源になるのだ。『魔王城化《ダンジョン》』などという大きな現象を起こすのに、うってつけの燃料ではある。

それを、許容することなどできやしないが。

「アストル……」

同じ結論に至ったのか、ユユが不安そうな表情を見せて俺の手を握る。

いや、心配させているのは俺か。存在そのものを薪《まき》にして無茶をやらかした俺の最期を、ユユ達は一度体験しているのだから。

それを思い出させたのかもしれない。

「大丈夫、今回はできるだけ無茶しないから」

「それ、毎回聞いてる」

「ぐ……」

責めるような目に、俺は少したじろぐ。

わかってはいるのだ。自分自身、無茶をやっているという自覚はある。

だからといって、それを後悔しているわけではない。その時に必要なことを、俺が選択した結果だと思っている。

「次は相談、してね？　ユユ達は、アストルの力に、なりたい」

「……ごめん」

「主《マスター》。気配がする」

ナナシ、もう少し雰囲気とか空気とか読んで出てきてくれないか。

「……そうは言うが、それを読んで不意を打たれるのも本意ではないだろう？」

ナナシは口に出していない俺の愚痴に応える。

契約による〝繋がり《リンク》〟があるせいか、心中が漏れてしまったようだ。

そしてそれは俺も同様で、ナナシが感知した存在の気配が、そう遠くない場所で膨れ上がるのを感じる。

「『悪性変異《マリグナント》』か⁉」

「そうでなければ『異形の獣《ビースト》』だ。前衛を呼び戻した方がいい」

俺は躊躇なくポケットから『震《ふる》え胡桃《くるみ》』を取り出し、踏み割る。冒険者にとってポピュラーな緊急伝達用アイテムで、急いでいる時はこれが一番手っ取り早い。

『震え胡桃』が発する震動を感知したわけではないだろうが、瘴気《ミアズマ》の気配が色濃くなり、建物の陰からのそりと大きな異形《いぎょう》が姿を現す。

「来るぞ、主《マスター》……！　あれが『異形の獣《ビースト》』だ」

ナナシの警告とほぼ同時に、俺のすぐそばにするりと姿を現したチヨが、小太刀《こだち》を抜いて腰を低く構えた。

俺も腰の魔法の小剣《オーティア》を抜き放ち、『異形の獣《ビースト》』へと切っ先を向ける。

近接戦は不得手ではあるが、チヨも正面切っての戦いを得意としないし、ユユを後方に下げるなら俺も前に出てコレを押しとどめる必要がある。

「これが、『異形の獣《ビースト》』か」

「ああ。ずいぶんと大きい。……少しばかり手強《てごわ》いぞ」

ナナシの言葉を聞きながら、俺は目の前の脅威を観察する。

『異形の獣《ビースト》』は大型の動物に近いフォルムだ。合成獣《キマイラ》に似ていなくもないが……目の前で唸り声を上げる怪物は、そんなバランスの取れたモノには見えない。

化け物の胴部は鵞鳥《がちょう》か鶏《にわとり》に似ていて、妙に筋肉質な〝人間の腕みたいに見える足〟で直立している。体躯《たいく》と同じほどの長い首の先にある兎のような形状の頭部が甲高い唸り声を上げていて、大きくぱっかりと開かれた口腔にはランダムに鋭い形の牙がびっしり生えているのが見えた。

……あれに噛みつかれると、相当な傷を負いそうだ。

また、蛇のように動く尾と思われる部分の先端には、骨とも棘とも判断がつかない突起物が多数備わっている。形状からして毒針の類だろう。

とにかくわかったのは、この異形の何かがどんな図鑑でも見たことがない未知の生物であるということだけだ。

「……来ますッ！」

チヨの短い警告を受け、俺は『異形の獣《ビースト》』の観察を中断する。

「チヨさん、無理せず足止めを。すぐにみんなが来てくれる」

「了解しました」

結印し、〈火遁の術《かとん》〉を放つチヨの隣で、俺はいくつか行動阻害系の魔法を『異形の獣《ビースト》』へと浴びせる。

〈拘束《ホールド》〉はやや効果があったものの、すぐに抵抗《レジスト》された上に、〈麻痺《パラライズ》〉や〈目隠し《ブラインドネス》〉は効果がなさそうだ。

通常の生物とは別の感覚器官で動作している可能性が高い。痛みを感じないか、相当痛覚が鈍いようで、『異形の獣《ビースト》』はこちらの攻撃をものともせずに迫ってくる。

「今回は吾輩も手伝うとしよう」

ナナシが伸び上がって、元の姿であろう背の高い姿へと変わる。

指先で摘まむように持ったシンプルながら繊細な装飾が施された短杖《ワンド》を指揮者よろしく小さく振ると、『異形の獣《ビースト》』が大きく吹き飛んだ。

「すごい……ナナシって、強いんだね」

ユユが目を丸くしている。

正直、俺も驚いた。魔法ではなく、魔法現象そのものを揮うなんて、さすが悪魔だ。

いや、褒めてはいけないんだろうけど。

「いいや、時間稼ぎに過ぎない。態勢を立て直して事に当たろうか」

「ああ、みんなも来てくれたしな」

完全鎧《フルプレート》のデフィムと軽鎧のエインズが俺の横を駆け抜けて、並び立つ。

「カバーに入るぜ、アストル！」

「遅くなりました、魔導師《マギ》殿」

さらに、俺の隣にナーシェリアが並ぶ。

「二人とも、気を付けてくれ！　魔物《モンスター》とも勝手が違うようだ」

俺の呼びかけに応じて、エインズとデフィムが『異形の獣《ビースト》』を睨みつけながら揃って剣と盾で音を打ち鳴らす。魔物《モンスター》を相手にする際に、注意を引く挑発行為だ。

……どうやら『異形の獣《ビースト》』にも効果は覿面《てきめん》だったらしく、太く響く唸り声を上げながら、デフィムをターゲットに据える。

鎧姿で体躯が大きい分、脅威を感じたのかもしれない。

「……素体となったのは鶏だろうか？　それとも兎かな？」

俺の素朴な疑問にナナシが答える。

「どうかな？　体からは人間の魔力《マナ》も感じる。どちらにせよ、今は草だけを食《は》むわけではないだろう」

……魔力《マナ》あるものをなんでも喰らう、ということか。

「瘴気《ミアズマ》は抑えている。早く処分してしまった方がいい」

ナナシの言葉が終わるや否や、ミントとビスコンティが疾風のように駆け抜けていく。

「斬ればいいのよね？」

「穿《うが》てばいいいんだろゥ？」

返事をする前に飛び出していくあたり、二人とも似た者同士なのかもしれない。

「キュァォオオオッ！」

こちらの行動を察知した『異形の獣《ビースト》』が殺意のこもった咆哮を上げ、長い首をうねるようにして伸ばす。鞭の如くしなる首の動きは素早く、まるで軌道が読めない。さらに、死角となる部分は例の毒針尻尾の攻撃範囲だ。

これではミントとビスコンティが打ち込めないし、壁役として盾を構えるエインズやデフィムもじり貧だ。

……が、心配なかったようだ。

迫る『異形の獣《ビースト》』の横っ腹に大槍が突き刺さり、そのまま跳ね飛ばす。

「遅れたようだ、すまぬ」

レンジュウロウが悠然と戦場に姿を現した。

吹き飛ばされた『異形の獣《ビースト》』だったが、体を大槍に貫かれたまま、のそりと体を起こす。

思った以上にタフだ。

「まだ動くのか……！」

「この世界の常識から逸脱しているからね。物理的に完全に破壊する必要がある」

俺とナナシのやり取りを聞いたレンジュウロウが、刀の柄に手をかける。

「ならば、ワシの出番であろう」

確かに、レンジュウロウの放つ【必殺剣・抜刀】であれば、存在そのものを断つという性質上、

『異形の獣《ビースト》』も倒せるだろう。実際、ラディウスの時もそうして戦いを決した。

「なら、俺達は足止めを……！」

「動けなくすればいいんでしょ？」

ミントが『白雪の君《サーメッティア》』の切っ先を向け、その力を解放する。

砕け散った白雪の鋭い礫《つぶて》が『異形の獣《ビースト》』を叩き、切り裂く。

「いいぞ、ミント。みんな、『異形の獣《ビースト》』を抑え込む……ぞ……？」

俺が言い終わらないうちに、『異形の獣《ビースト》』が景気よく吹っ飛んだ。

バラバラと粘質質な肉片が周囲に散らばる中、姿を現したのはレオンだ。

「似たようなのが何匹かいたけど……今ので最後っぽいな。……？　どうした、先生？」

こちらへと駆けてきたレオンが、俺の顔を見てキョトンとする。

「いや、レオンは大物だなと思ってさ」

緊張が急に解けたなんとも言えない空気の中、俺は苦笑する。

小さくなったナナシが俺の肩へとよじ登って呟く。

「危機は去ったけど、問題もできたな」

「ああ、まさか瘴気《ミアズマ》の汚染がここまでとは思わなかった」

パラパラと崩れゆく『異形の獣《ビースト》』の残滓《ざんし》を見つめながら、俺は小さくため息をついた。

◆

無人の集落で一夜を明かした俺達は、早朝に出発して馬車で一路王都を目指す。

周囲の動植物への汚染がここまで進行しているというのは、非常に由々《ゆゆ》しき事態だ。

『悪性変異《マリグナント》』や『異形の獣《ビースト》』はいわば種のようなモノで、あれらが活動範囲を広げれば、瘴気《ミアズマ》の汚染地域は拡大してしまう。

各地で『悪性変異《マリグナント》』が活動を始めたというのは、そういった意味で大きな問題であり……事実上、俺達は追い詰められていると言っても過言ではない。

「それにしても、モーディアの兵も見当たらんのう。魔王復活に際して軍を引いたのかの？」

「この事態を引き起こすことが目的だったのかもしれませんよ」

レンジュウロウが言った通り、モーディアはすっかりその姿を見せなくなっていた。

てっきり、これに乗じて『淘汰』を進めてくるかとも思ったが。

「しかし、レオン。あなた、本当に強かったのですね」

ミントは感心した様子でレオンを労《ねぎら》う。

「ちょっと調子が戻ってきましたからね。『E．E．L．』がこの世界に合わせて体の調整をしたのかも」

前から驚くほど強かったが、今のレオンはまさに『異貌の存在《イモータル》』らしき力を誇っている。

「そちらの世界にも伏見があるとは驚きじゃったがの」

「レンジュウロウさん、それはオレの台詞ですよ。まさか、〝殺撃《さつげき》〟まであるなんて……でも、交《こう》殺法《さっぽう》の使い手はいないんでしたっけ？」

「然り。レムシリアで伏見といえば、刀術と槍術、あとは忍術じゃの。徒手空拳を振るう伏見はレムシリアの歴史にはおらぬ」

レオンの操る戦闘技術は『伏見流交殺法』というらしい。徒手空拳《としゅくうけん》を中心とする技術は、肉体のみであらゆる戦場を制圧することを目的としたものだと、彼は俺に説明した。

「武器は使わんのか？　前は闘剣《グラディウス》を振っておったではないか」

「ああ、剣術は趣味で……。そもそも、ぶん回すと武器が壊れるからもったいないんですよ」

確かに、レオンの膂力で武器を使えば、傷《いた》みは激しそうだ。

とそこで、俺は良い物があったことを思い出した。

「じゃあ、レオン。そんな君にこれを渡しておくよ」

魔法の鞄《マジックバッグ》から布に包まれた長剣を取り出して、レオンに手渡す。

「……ね、それ、渡しちゃっていいの？」

ミントが不思議そうな目を向けてくるので、俺は小さなため息と共に頷く。

「反抗組織《レジスタンス》の旗印にしようと思ったんだけど、必要なくなったしね」

ナーシェリアの持つ『水乙女の細剣《ヴァラシオン》』の姉妹剣とも言うべき、俺の渾身の一作である魔法道具《アーティファクト》
『〝蒼天剣〟リラアカシュ』。

ナーシェリアが王都凱旋《おうとがいせん》を行う際に、反抗組織《レジスタンス》を正規軍として見せるための細工に使うつもりだったが、殴り込みに使うならレオンに渡しておいた方が有効活用してくれるだろう。

「これ、相当貴重なものに見えるんだけど……？」

レオンは受け取った剣をしげしげと眺める。

「持て余すよりもいいさ。それに、かなり丈夫に作ってあるから、勇者様が全力でぶん回しても壊れやしないぞ」

レオンが『蒼天剣《リラアカシュ》』を包んだ布を開くと、透明感のあるうっすらと青い刀身が淡く小さな光を放ちはじめた。

「ん？　妙な反応が起こっているな……」

魔力《マナ》がじわじわと溢れ出して、レオンと同調していく。

幻想的な蒼《あお》い光がふわりふわりと漂って、何かを確認するかのように、時々レオンに触れる。

そして、『蒼天剣《リラアカシュ》』は布を残してその姿を蒼い光の粒へと変えて消えた。

少し、『ミスラ』が消える時に似ている。

「消えた……？」

「消えたな……？」

レオンと二人、首を傾げていると、ナナシが楽しげにカタカタと笑った。

「主《マスター》、やりすぎたのだよ」

「やりすぎた？」

「あの魔法道具《アーティファクト》にずいぶんと情熱を燃やしていただろう？　『ダンジョンコア』も使っているはずだ」

ナナシの見立ては正しい。小粒の『ダンジョンコア』をその構成に使っている。

「アレは物質的要素を持つ、いわば『人造デミイモータル』とでも言うべき特性を備えて、自らの主人を選んだのだろう」

「人格が宿った？」

「そこまでではないが、武器として、魔法道具《アーティファクト》として、自らの使用者を選ぶくらいの分別がついていたということだ。レオン氏、試しに呼んでみてはどうだね？」

ナナシに促されて、レオンが〝リラアカシュ？〟と疑問気味にその名を呼ぶと……湧水のように魔力《マナ》が噴き上がって、その手に蒼い闘剣《グラディウス》を形成した。

「おお、すごいな……！」

確かに、エーテリアルに納刀することを目指して機能をいじりはしたが、こうも完全な形ではなかった。せいぜい、取り落とした時に名を呼べば手元に現れるくらいで、空間収納はまだできなかったはずだ。

「ま、剣が気に入ったのならいいか。俺の時はこんな反応しなかったし、きっとレオンのものになる運命だったんだろう」

少しばかりの残念さを込めて告げると、隣に座るユユが小さく笑った。

「ヘンなの。アストルの、口から、『運命』だって……」

クスクスと笑い続けるユユに釣られたのか、周りも笑いはじめる。

「何かおかしかったかな？」

エインズとミントが揃って噴き出す。

「運命からは程遠いよな、お前はよ」

「確かに。いっつも結局なんとかしちゃうんだもん。運命にとっては傍迷惑《はためいわく》な人間よ？　きっとね」

なんだか、遺憾《いかん》な気分なのだが、そうだろうか。

「アストル先生、ありがとうございます」

「いいよ。勇者レオンの役に立つ……の、なら？」

そう口走って、はたと考える。

「なんだろう、どこかで……」

「どうしたのだ？」

レンジュウロウに問われるが、俺は明確な答えを返せない。

「いや……この状況、どこかで……思い出せないし、ハッキリともしないんだけど」

「ユユも、引っかかった。伝承に、状況が引っ張られてる、かも」

伝承……

ああ、そうだ！

おとぎ話のエピソードだ。

「——賢者は勇者に剣を与え、勇者は魔王を見事討ち果たして国と王女を助ける。勇者はその後、いずこかへと姿を消し、残された王女はそれを探してまた姿を消した……」

『暗黒竜《アズィ・ダカー》』を調べる際に漁った資料の中にあった、他愛のないおとぎ話の一節。

「……まさかとは思うが、あの神気取《かみきど》りの監視者、俺達がやったみたいに伝承再現で事態を収束させようとしているのか？」

とは言ってみたものの、すぐに自分でその考えを否定する。

「いや、しかし……今回は『暗黒竜《アズィ・ダカー》』の時とは系統が違う。伝承魔法での再現は無理だろ？」

「ん。ユユ達はあくまで『カダールの伝承』を紡ぐ者、だから。他の伝承は、無理かな」

古い伝説や物語になぞらえて現実を改変しうる伝承魔法は強力だが、その制約は大きい。

まず現状を物語の舞台へと近づけなくてはいけないし、流れもある程度なぞらえねばならない。

それに、大掛かりな魔法儀式が必要な場合も多くある。

これに対して、今はただ単に物語に似た状況が起きているというだけだ。俺の考えすぎか、気のせいといっても差《さ》し支《つか》えないくらいに、伝承を成立させる要素は弱い。

「ま、対応しうる伝承の紡ぎ手がいない以上、魔法式も成立させようがない。アテにするのはやめておこう。……それと、これが終わったらレオンが帰る手段を考えないといけないな」

「そうだなー……オレは正直、このままでもいいんですけどね」

「帰りたくねぇのか？」

エインズにそう聞かれたレオンは、軽く苦笑しながら答える。

「ダメならダメで諦《あきら》めがつくし、こっちに残りたい理由もある」

彼には何か帰りたくない事情でもあるんだろうか。

「まぁ、もし伝承通りに行くなら……この戦いが終わったら、レオンは元の世界に帰還するかもしれないな」

「それってどういうこと？」

首を捻るミント。

どう説明したものか少し考えた後、俺は答える。

「伝承魔法がなくても、〝お約束〟通りに収束する可能性もあるってことさ。魔王と勇者のキーワードを以て、境界の管理人である『E．E．L．』がなんらかの介入をしているなら……伝承魔法は、レオンがレムシリアに現れた時点で発動している可能性がある」

おとぎ話の出だしにおいても、『勇者』の出身は描かれていない。いずこからか現れた……という、実にふわっとした表記だったはずだ。となれば、レオンが俺と出会った時点ですでになんらかの伝承魔法がその効力を発揮していた可能性は否定できない。

「いずこかへと姿を消した……って記述から読み取れるのは、大きな功績を挙げていながら王になったり、騎士になったりといった〝その後〟がないってことだ」

「少し待ってくれ、〝魔導師《マギ》〟殿。その理論で行くと、ナーシェリア様もいなくなってしまうのではないか？」

デフィムが焦ったように俺を見る。

なるほど、伝承通りに行けばそうなる可能性は否めない。

「何もかも伝承をなぞるってわけじゃない。ただ、警戒はしておいた方がいいかもしれないな」

「大丈夫でしょう？　前提条件がすでに間違っておりますし。わたくしは魔王に捕われたりはしておりませんもの」

そういえば、物語の中では王女は魔王に捕われているのだった。

王女本人が攻め込もうとしている現状は、物語の大筋から大きくずれている。

「なんにせよ、魔王はまだ復活していないし、状況も違う……。ただ、『悪性変異《マリグナント》』相手で頼りにできる人材がいるというのは、デカいな」

「うーん、それを言ったらアストル先生のあの殺撃魔法とやらも充分だと思うんだけどな」

レオンの言う通り、〈深淵の虚空《エイビスホロウ》〉の魔法を使えば、『悪性変異《マリグナント》』を完全に消し去ることはできると思うが……燃費も悪ければ隙も大きすぎる。

二回も使用すれば、俺は魔力枯渇《マナエンプティ》を起こして倒れてしまうだろう。

同様の理由で、〝炎の王〟を呼ぶのも憚られる。

彼を顕現させようと思えば、結局のところ俺は理力《オド》を削ることになる。

そうなると有効な攻撃手段は、物理的な魔法を飽和《ほうわ》させて完全に破壊するか、『ミスラ』を呼ぶしかない。

いずれにせよ、それをしようと思えば魔力《マナ》ソースを割きすぎるので、足止めと牽制を上手く使用して、レンジュウロウかレオンにトドメを刺してもらうのが好ましい戦法となるだろう。

「丈夫すぎるしね……『悪性変異《マリグナント》』」

ミントがため息をついて、眉根を寄せる。

攻撃手《アタッカー》としての矜持が、現状を良しとしないのだろう。

「なに、相手は『悪性変異《マリグナント》』ばかりと決まったわけじゃないし、ミントの攻撃は充分に通用する。『白雪の君《サーメッティア》』もそのために調整してあるからな」

「そうね。くよくよしてても始まらないわ」

実際のところ、ミントの戦闘力というのはすでに超人の域に達しているのだ。

本人は無自覚だが、自己強化と戦闘補助の魔法を無詠唱で使う上に、【狂戦士化《ベルセルク》】すらコントロールして大剣を振るう戦士なんて、絶対に敵に回してはいけない相手だ。

ミントは冒険者らしい実績を上げていないので等級こそまだ高くないが、こと戦闘において彼女を上回るのは相当難しい。

おそらく、あの〝鋼鉄拳〟ガッツとでさえも、彼女は互角以上の戦いをするのではないだろうか。

「さて、それじゃあ到着してからの動きを考えようか」

走る馬車の中で、地図を広げる。

王都がどうなっているのか確認せねばならないが、もしかすると城下町からして完全にダンジョン化している可能性がある。

「王城に向かうなら大通りと貴族街をまっすぐ抜けんのが早いな」

エインズが地図に指を走らせながら、最短距離を示す。

「ああ。だが危険も増すだろうな。ナナシ、『魔王城』については？」

「知識にある限りは、町そのものの様相はそう変わらないはずだが……ケースが少ない。どうとは言い切れないね。城の内部は変化していたと聞いているよ」

誰から聞いたのか——と、尋ねても、どうせ目を細めて首を傾げるだけだろう。

この悪魔がどこまで何を思い出しているのかはわからないし、目的もわからない。

ただ、嘘は言わない。

「しかし、この辺りまで瘴気《ミアズマ》で汚染されているとなると、王都は『悪性変異《マリグナント》』で溢れかえっている可能性があるね」

「……！」

ナナシの言葉に、ナーシェリアがきゅっと口を結ぶ。

予想はしている。王都エルメリアは☆高き高貴な住民が多く住まう場所だ。瘴気《ミアズマ》で汚染されれば、多くの人が強い影響を受けるだろう。そうでなくとも、体ごと魔力《マナ》に溶かされて『魔王城』形成の材料になっているかもしれない。

……正直に言って、状況から王都に生きている人間がいる可能性は極めて低いと思われる。

「臣民の仇はわたくしが必ず討ちます」

「ナーシェリア様、あまり気負いすぎませぬよう」

決意したナーシェリアの前で、デフィムが片膝をつく。

「ナナシ、なんとか戻す方法はないか？」

「ない。いいかい、『悪性変異《マリグナント》』になった時点で、レムシリアの生物としてはもう死んでいると考えた方がいい」

そう言い切って、ナナシは言葉を継ぐ。

「哀れと思うなら、早いところ『シェラタン・コア』に辿り着いて願うことだね。瘴気《ミアズマ》をこの国から消滅させるんだ。影響下にあった『悪性変異《マリグナント》』も『異形の獣《ビースト》』も、それで排除されるはずだ。一刻も早く魂を円環に戻してやるのが一番の救いさ」

「ええ。そうさせていただくわ……！」

ナーシェリアが決意を口にしたところで、先行警戒に出ていたチヨが馬車に飛び込んでくる。

少し慌てた様子からして、何かあったに違いない。

「前方に、馬車が一台います」

その報告に、エインズが盾を担ぎ直し、ミントが得物の柄に手をやる。

この状況で馬車を走らせるなんてバカなことをするのは、どこのどいつだろう。

「素性は？」

「その……王家の紋章がついています。どうしますか？」

チヨが返答を求めて、俺達を見た。

「王家の……？」

いち早く反応したのはナーシェリアだ。

王家の紋章をつけた馬車に乗れる人間など限られている。

しかし、王をはじめとする王族は、全員リカルド王子の手に落ちているはずだ。

「先生、構いませんか？」

そもそも、王族のナーシェリアが俺に了解をとる必要などないはずだが、聞かれた以上、返事はしておく。

「確認はするべきでしょうね」

話がまとまったとみるや、ビスコンティが馬車のスピードを上げた。

激しい揺れにミントが顔を青くしたが……後で馬車酔いを治療する魔法をかけてやるから我慢してほしい。

ぐんぐんと速度を増した馬車が、ゆっくりと前方を走る大型の馬車に追いつくのに、そう時間はかからなかった。いや、状況からして、俺達が追いつくのを見越して向こうが速度を落としていたのかもしれない。

その予想を肯定するかのように、王家の馬車はゆっくりと動きを止めた。

「わたくしが参ります」

「デフィムさん、ナーシェの護衛を。俺と……それからエインズも行こうか。他は戦闘準備で待機。ユユ、念のためメンバーに強化魔法を」

「ん。気を付けて」

真っ先に立ち上がったナーシェリアを囲むように、四人で馬車を降りて前方の馬車へと向かう。

俺が指示するまでもなく、チヨが馬車の陰に身を滑り込ませているのがわかる。

何かあれば、誰もがすぐに対応できる状態だ。

馬車に近づくと、鉄製の扉がガチャリと開いて、馬車から一人の男が降りてきた。

黒を基調とした完全鎧《フルプレート》を着込んだ、壮健な顔つきをした男。

「……！」

俺はその人物に見覚えがあった。

いや、直接面識があるわけではない。彼は、俺にとってあこがれの天上人だったから。

「ナーシェリア姫殿下……！　お久しぶりにございます」

片膝をついて臣下《しんか》の礼をとるこの人物こそ、俺が憧《あこが》れた冒険者……〝英雄《ザ・ヒーロー》〟グランゾル子爵《ししゃく》である。

「グランゾル子爵……！　どうしてここへ？」

「王都に急変ありとの報を受け、これに向かう我が主の御身をお守りするため、同行している次第です」

その言葉を裏付けるように、馬車の扉から姿を現した者がいる。

見覚えはないが、佇まいからして高貴な人物であるのは間違いない。

その姿を確認したデフィムが、慌てた様子で片膝をついたことから、俺もその素性に思い至り、臣下の礼をとる。

「……ヴィクトールお兄様！」

ナーシェリアが驚きながらも親しげな笑み浮かべる。

それに応えてにこりと笑った青年の顔は、彼女によく似ていた。

「ナーシェリア、無事だったか。しかし、何故このようなところにいる？　この者達は？」

「王都奪還のため、王都へ向かう途中です。お兄様こそ、今までどちらに？」

「友人を訪ねていた。此度の事態に対応しうる人材が必要であったのでな……」

そう言って、ヴィクトール王子が乗ってきた馬車の御者席にちらりと視線を向ける。

おずおずといった様子で姿を現したのは、俺達がよく見知った人物だった。

「ビジリさん……！」

王族の前で許しもなく口を開くなど不敬な行為だが、思わず声が漏れ出てしまった。

「お久しぶりです。こういう形でお会いするのは初めてですが」

相変わらずの人懐っこい笑顔で、ビジリが会釈する。

「なんだ、ビジリ。知り合いか？」

「彼こそが〝魔導師《マギ》〟アストルだよ、ヴィクトール。君の探していた人材さ」

「彼がか？　これは運がいいな……！」

ヴィクトール王子が、俺の目の前に歩み寄る。

「畏《かしこ》まらなくていい、顔を上げてくれ。そして、どうかこの国を救うのに手を貸してほしい」
☆5の次期王候補が☆1に対してこうも簡単に声をかけてくるなどありえない話なので、俺はいささかたじろぐ。
「わ、わたくしはそんな大それた人間ではございません」

「ビジリの言う通り、奥ゆかしいな。ああ、☆のことなら気にしないから、本当に畏まらないでくれ。私という人間はついこの間まで第五等級冒険者なんてやっていた平凡な男なんだ」

そう言って、俺の手を取り、立ち上がらせる。

「いろんな場所で君の噂を聞いたよ、〝魔導師《マギ》〟。この国難に立ち向かうのに君以上の人材はいないと、行方を追っていたんだが……ナーシェリアに先を越されていたとは」

「では、お兄様も？」

「ああ、私も……この事態については少しばかり掴んでいる。ビジリのおかげでな」

ビジリはバツが悪そうに鼻を掻いている。

確かに彼は情報通だが、そこまでとは思わなかった。

「目的は同じだろう？『シェラタン・コア』に触れて、正常化を行う。王族でなければできないことだ」

ヴィクトール王子の言葉に、ナーシェリアが頷く。

「そして、『魔王』になろうとしているリカルドを止めなくてはならない」

「……！『魔王』になろうとしている？」

俺が呟いた疑問に王子が答える。

「あいつが『魔王』化するためには、いくつかの条件が必要だ。伝承魔法、瘴気《ミアズマ》、大型のダンジョンコア、それに血脈を同じとする生贄《いけにえ》。……ビジリの予想では、瘴気《ミアズマ》によるダンジョンコアの汚染が足りないのだろうということだが、どうだ？」

「ナナシ、出てこい。お答えしろ」

俺に促されて、ナナシが肩の上に姿を現す。

「このような姿で失礼するよ。その予想でおおよそ間違いないが……これは伝承魔法を利用した現象かい？」

「状況は〝ウル魔王譚《まおうたん》〟の原典に近い。誘導したのはモーディアだろうけどね」

王子に代わってそう応えたのはビジリだ。

商人の彼が何故ここまで事情に精通しているのだろうか。

「ビジリさん、あなたは……一体」

「主《マスター》、おそらく彼は吾輩の同類だ。しかも、とても力ある者だよ」

ナナシの台詞に絶句する俺を、王子が気遣う。

「驚くのも無理はないが……大丈夫、彼は味方だ。エルメリア王家の成り立ちからして彼の功績によるところが大きい。だって彼は……」

「いいよ、ヴィクトール。自己紹介なら自分でできる」

ビジリがふわりと黒い煙に覆われて、その姿が変化する。

柔和な笑みが消えた顔に、表情の見えない無機質な仮面をつけ、ビロードのような艶のある真っ黒なローブをはためかせる姿は、どこかナナシに似ている気がする。

「この姿では初めまして。かつて私は『絶望の魔王』と呼ばれた者です」

「……『絶望の魔王』、イアス？」

前回の『淘汰』であったとされる『黄昏の三魔王』のうちの一角である。『痛みの魔王』サーヴはすでに討たれ、『苦しみの魔王』シリクは封印され、『絶望の魔王』イアスは行方不明と聞く。

「えぇ、ずいぶん古くに捨てた名前ですが」

もし、ビジリが……いや、イアスが本物だとしたら、彼はゆうに二千年の時を生きていることになる。年齢的にはウェルスの学長と同じくらいだろうか。

「私は今まで通りビジリとして接してくれた方がずっと助かるけどね」

無機質な仮面からいつものように朗らかな声色の言葉が紡がれているのが何とも言えないが、目の前の魔王がビジリであるのは間違いなさそうだ。

「今回の事件は私の兄、シリクの仕業だよ。まさか、すでに封印を解かれているとは予想外だったけどね」

「『苦しみの魔王』？」

「そう、兄を封印することこそがエルメリアに課せられた使命だったんだ。でも、長らくの間に、忘れ去られてしまったんだけどね。こんなことなら教会に残っているべきだった」

『絶望の魔王』が再び見知ったビジリへと姿を変えて、大きなため息をつく。

「せっかく記憶を封印して気ままな人間生活を送っていたのに、これじゃあ台無しだ」

「それで、今回の全貌《ぜんぼう》は掴めているんですか？」

「予想になるけど、正解だという自信はある。封印を解いたのはリカルド王子だろうね。……たまにいるんだ、夢を渡る『先天能力《インヒーレント》』を持つのが。きっとそれでシリクと接触したんだろう」

ビジリの話を要約するとこうだ。

なんらかの夢か精神世界に介入する能力を持ったリカルドが、封印されていたシリクに接触か誘導されてその精神を汚染され、封印を解いた。

シリクの封印は、王家の血を引く者にしか手を出せないようになっているし、厳重な防護が十重《とえ》二十重《はたえ》にしてあったはずだが……そちらはモーディアの介入により突破されたと見ていい。

何せ、状況からしてモーディアには『黄昏の三魔王』を詠《うた》う伝承魔法の使い手がいるらしいからだ。

となれば、封印に関しての情報もおよそ握られていると考えていいだろう。

「そもそもモーディアって……」

「魔王信奉者の集団が作った国なんですよ。それでも、平和になってきたというのに。このタイミングで……いえ、このタイミングだからかもしれません」

ビジリが空を見上げる。

「次の『淘汰』が迫っているこのタイミングだからこそ、私達はまた伝承の中に現れたのかもしれません」

「ビジリ。今ここでそれを論じても仕方ないだろう」

「王になるのに短慮ですね、ヴィクトール」

小さく苦笑を漏らして、ビジリが俺に向き直る。

「私も一部の伝承魔法が使えます。モーディアに対抗できるでしょう。瘴気《ミアズマ》の出所がシリクであれば、これもまた……私が対処できます。あとは、レムシリアの人間に任せることになるでしょう」

「こちらには勇者がいる。伝承をなぞるのに必要な要素はほぼ揃っているな」

ナナシの言葉に反応して、レオンが馬車の中からこちらを覗く。

それをチラ見しながら、悪魔同士が頷き合っている。

どうにも奇妙な光景だ。この世界の外から訪れた『異貌の存在《イモータル》』たる魔王と悪魔が、俺達の世界のために協力しようというのである。

俺達人間が、いまだ一枚岩になりきれないというのに、だ。

「ともあれ、ここで〝魔導師《マギ》〟に合流できたのは幸運だった。魔神すら討滅《とうめつ》する力を、エルメリアに貸してほしい」

ヴィクトール王子が右手を差し出してくる。
☆1として、平民として、これを握るのは不敬にあたる。
そもそも、こうやって高貴な人間に握手を乞われること自体あり得ない。

「お兄様。アストル先生を困らせないでください」

ナーシェリアが王子を窘めるが——

「何を言う。彼の功績はまさに英雄と呼ぶに相応しいものだろう？　今更、滅びかけの王国の人間に畏まる必要などない。私は、ビジリの友人として……この先共に戦う仲間として、彼と友誼《ゆうぎ》を結びたいのだ」

出しこまねいていた右手をとられ、半ば強引に握手させられる。

「よろしく頼む、アストル殿。私のことは、ヴィクトール……いや、親しみを込めてヴィーチャと呼んでくれ」

……どこの世界に王族を愛称で呼ぶ平民がいる⁉

どうにも調子が狂うな……。溢れんばかりのカリスマはまさに王族そのものなのに、フランクすぎてうっかりすると本当に愛称で呼んでしまいそうだ。

「ヴィクトール殿下。私は平民ですので……ご勘弁を」

「さて？　ナーシェリアのことはナーシェと呼んでいると聞いているが？」

誰がそんな情報を……と思ったらビジリがそっと視線を逸らすのが見えた。

そういえばウェルスでビジリと過ごした時、俺は確かに気を抜いていたように思う。

「なに、この件が終わればまた冒険者となるのだ。同輩だと思って気軽に呼んでくれ」

「お兄様が王家を継ぐのでは？」

「バカを言うな。それが嫌でラクウェイン侯爵に頼んで冒険者になっていたというのに」

どうやら第一王子のフランクさの元凶は、あの放蕩侯爵のせいであるらしい。

ただ、俺にとってヴィクトール王子はとても好ましいと思えた。
☆も立場も関係ない、同じ目標を目指す仲間だと、肩を並べるべき者だ……と言われれば、そう思えてしまう。王国内で彼が圧倒的人気を誇るのがわかる気がする。
政治に無知で無関心な俺ですら、次代の王はヴィクトールであればいいと感じるのだから。

しかし、どちらかというと王子よりもグランゾル子爵と話したいと思った俺は、バチ当たりだろうか？

俺が少しばかり戸惑っていると、憧れの英雄が助け舟を出してくれた。

「殿下。立ち話もなんでしょう。この先のキャンプまで進んではどうかと」

「それもそうだな。ナーシェリアもそれでいいか？」

「はい。お兄様がおられるのであればプランの変更もしなくてはいけませんし。では、後ほど」

兄であるヴィクトール王子に小さく会釈して、ナーシェリアはデフィムを伴って俺達の馬車へと向かった。

「俺達も戻ろうか、エインズ」

「そうしよう。はぁ、オレは何がなんだかわからんぜ」

苦い顔をするエインズに苦笑して、軽く背中を叩く。

「それも含めてキャンプで情報をつき合わせよう。それでは、後ほど」

再度王子達に深々と礼をして馬車に戻ろうとすると――

「ああ、そうだアストルさん」

「はい？」

俺を呼び止めたビジリが、一冊の書物をすっと差し出す。

「行商人ビジリからの……もしかすると最後になるかもしれないお買い得品です」

少し寂しげな笑みと共に渡されたそれが魔導書であることはすぐにわかった。

ただ、普通の魔導書とはどこか違う緊迫感のようなものを放っている。

「これは？」

「危険な品です。ですが、あなたにならば使いこなすことができ、あなたであれば託《たく》せるものです」

ビジリが、俺をまっすぐに見て告げる。

「――『ガーヤト・アル＝ハキーム』。あなたの二つ名、〝魔導師《マギ》〟の元となった古代の大魔法使いが持っていた魔導書です」

――〝魔導師《マギ》〟。

奇しくも俺の二つ名として周囲に知れ渡っているこの称号は、もとを正せば、そう……『黄昏の三魔王』がまだおとぎ話ではなかった時代の、ある人物が元祖である。

今に伝わるおとぎ話の中での彼の役回りは、勇者に『聖剣』を与え、魔王のもとまで導くことであり……その正体は『絶望の魔王』イアスだったはずだ。

と、いうことは。

今目の前にいる彼《ビジリ》こそが、初代〝魔導師《マギ》〟なのか!?

「おっと、ハズレです」

俺の考えを見抜いたビジリが、にこやかに笑う。

「それの元の持ち主の名前は『アル』と言います。その魔導書の名前でもありますね。あなたのように優れた魔法的才能を持った生粋のレムシリアンで、あなたに少し似ています」

「似ている？」

「ええ、面影……いえ、雰囲気でしょうか。いつも穏やかなのに、時々とても頑固で、そして誰もに公平で平等で……そしていつだって率先して無茶をやる人物でした」

ビジリが遠い目をして空を見上げる。

「まるでアストルそのものじゃねぇか」

エインズがにやけながらこちらを見るが、俺にはさっぱり自覚がない。

「そうかな？　俺は公平でも平等でもないし、頑固でもないはずだけど」

ただ、親近感は湧く。

きっと俺と同じく、譲れない想いを抱えたら前にしか進めない、不器用な人だったのだろう。

「彼からこれを託された時は驚いたものでしたが……きっと、この瞬間を見越していたんでしょうね」

「何か先見系のスキルを持っていたんですか？」

「さぁ、どうでしょう。彼は秘密の多い人でしたから。ただ、その魔導書の俗名を知れば、きっとあなたに相応しいと気が付くはずですよ」

「俗名？」

「ええ。その魔導書はね――〝賢者の極み〟と呼ばれているんですよ」

大仰《おおぎょう》な名前だ。興味を持って少しだけページをめくる。

「……これ、中身は白紙ですね？」

「今はまだ。アルの魔導書らしい、実に気の利いた仕掛けがあるんですよ」

魔法使いが魔導書に仕掛けを施すことはよくある。それは技術の流出を防止したり、力が及ばない弟子が危険な魔法を発動させたりしないようにするための、管理方法の一つだ。

「〝三つの必要《スリーネセサリーズ》〟という魔法がかかっているんですよ」

「気の利いた仕掛け？」

「ええ。〝必要な時〟に〝必要な魔法〟が〝必要なだけ〟記載される仕組みです。彼の魔法の数々は、魔導書一冊に収まるものではなかったですからね」

ほら見たことか。たかだか百やそこらの魔法が使えるだけの俺が〝魔導師《マギ》〟を名乗るなどおこがましかったのだ。

この分厚い魔導書《ガーヤト・アル＝ハキーム》に収まりきらない魔法というのは、一体どれほどの数なのか。考えれば考えるほど戦慄するしかない。

そして、今回の一件が終わったら、早々にこの危険な二つ名は返上すべきだろう。

「もう差し上げましたからね」

「え、お代は？」

「後払いで結構です。この戦いが勝利に終わった時に得られる状況が代価です」

ビジリが小さく笑って踵《きびす》を返す。

「……荷が重い」

俺の呟きに、エインズが軽く肩を叩いて笑う。

「オレはお前にぴったりだと思うぜ？」

「そうだろうか？」

「案外、アストルはそのナントカって〝魔導師《マギ》〟の血を継いでるのかもしれねぇな」

その可能性はずいぶん低いだろう。母は南方の生まれだと聞いているし、父は寒村の狩人だったはずだ。少なくともそんなハイレベルな人物の血筋には思えない。

「今は考えても仕方ないか。強力な魔法道具《アーティファクト》をタダで手に入れたと思って、前に進もう」

「そういう主《マスター》の前向きな部分は、吾輩は好ましいと思っているよ」

定位置の肩へと戻ったナナシが、黄色い目を細めてカタカタと頭蓋を鳴らす。

完全にバカにしているだろ、お前。

◆

——馬車を走らせること二時間ほど。

俺達は当初の目的地であり、合流地点であるキャンプへと到着していた。

周囲の不穏な雰囲気は徐々に不気味さを増していく。

なんだか草木すらも妙に他人行儀な感じがするのだ。

おそらく『魔王城』に近づいていることで、瘴気《ミアズマ》の気配が濃くなっているためだろう。

「本当にビジリさんだわ」

「お久しぶりです、ミントさん。それにユユさんも」

焚き火の前で柔和な笑みを浮かべるビジリと顔を合わせ、姉妹は驚きを隠せない様子だ。

事情は馬車の中で粗方話したが、ビジリが古代の魔王などということはおよそ二人には信じられなかったらしい。

「隠していたわけではないんですよ？　ただ、能動的に忘れていただけで」

「ビジリさんがそう言うのなら、そうなんでしょうね」

「ん。ユユには、いつものビジリさん、だから」

姉妹が素直に頷いて応えた。

俺も同じ気持ちだ。ビジリはビジリであって、決して『絶望の魔王』などという遠い存在ではないと、今も感じている。

「それで、お兄様？　どういうプランだったのです？」

ナーシェリアに促され、ヴィクトール王子が話しはじめる。

「そちらの事情とそう変わらない。『シェラタン・コア』を押さえてリカルドの魔王化を止める」

「市街の突破に関しては？」

王子は少しだけ考える素振《そぶ》りを見せてから俺の質問に答えた。

「王家の秘密通路を使う予定だ。この状況、市街はすでに『悪性変異《マリグナント》』が溢れているだろうし……『シェラタン・デザイア』に潜るならその方が手間がないからな」

「お兄様、『シェラタン・コア』は玉座にあるのでは？」

「ナーシェリア、あれは王の使う端末にすぎない。本体は今も『シェラタン・デザイア』の最奥に安置されているとのことだ」

ナーシェリアですら知り得ない情報を、ヴィクトール王子は把握しているようだ。

「おっと、疑《うたぐ》らないでくれよ？　これに関しては私も最近まで知らなかった情報だ。ビジリが教えてくれたのさ」

王子にちらりと視線を向けられたビジリが、苦笑と共に口を開く。

「――実は……『シェラタン・デザイア』は現在も稼働するダンジョンなんですよ」

「そんなことがあるんですか？」

思わず驚きの声を上げた俺に、ビジリが頷く。

「ええ、エルメリア王城は『シェラタン・デザイア』の小迷宮《レッサーダンジョン》ですしね」

そう言われて、かつて王城に足を踏み入れた時のことを思い出した。

あの時、エインズ達はダンジョン深層に蔓延《まんえん》する『呪縛《じゅばく》』のような影響を受けていたと記憶している。対して、俺はなんともなかった。

学園都市での研究によると、〝存在係数《コスト》が低いほど、『呪縛』の影響を受けにくい〟という報告が上がっていたはずだ。と、なれば――なるほど、王城は管理された小迷宮《レッサーダンジョン》なのかもしれない。

しかし、管理などできるのか？　小迷宮《レッサーダンジョン》とはいえ、ダンジョンはダンジョンだ。人の手による管理などできるとは思えない。

……いや、待てよ。学園都市《ウェルス》の塔はどうだ？

あれも言うなれば『ダンジョンコア』を利用した小迷宮《レッサーダンジョン》の管理なのではないか？

だったら、取得した小迷宮《レッサーダンジョン》の『ダンジョンコア』を用いれば、その占有権を得ることができるのか？

いいや、違うはずだ。

もしそうならば、比較的多くの人間が『サルヴァン古代都市遺跡群』の小迷宮《レッサーダンジョン》を管理下に置いているはずだ。俺達だってあそこで『ダンジョンコア』を得ているが、そんなことはなかったし、そんな話を聞いた覚えもない。

「……アストル。アストル！」

「あ、ああ」

気が付くと、ユユが俺の肩を揺さぶっていた。

「また、賢人モードに、なってたよ」

「すまない。どうにも小迷宮《レッサーダンジョン》を管理するというのがピンとこなくて」

俺は軽く頭を掻いて、苦笑する。

「どういうこと？　アタシ、稼働中のコアは危なすぎて制御できないってアストルに聞いたんだけど」

「稼働中であっても、制御はできますよ」

ビジリが、小さく漏らす。

「……ただ、大きなリスクと犠牲を伴いますが」

「どういう意味です？」

その言葉にナーシェリアが反応し、続いてヴィクトール王子がばつが悪い顔をした。

「ヴィクトール殿下。彼らに王家の秘密を明かしても？」

「説明を任せていいか、ビジリ。ここから先は他言無用にしてほしいが、これから背中を預け合うのに、秘密を持つのもよくないからな」

雰囲気の重さを感じたビスコンティが、焚火《たきび》に並べた簡易の椅子から腰を上げる。

「おいィ、オレはよそ者の傭兵だぜェ？　聞かせていいのかよォ？」

「これから共に死地に向かおうという気概の持ち主だ。出自も貴賤《きせん》も問わないし、私は仲間だと考えているが……キミはどうだ？」

「話には聞いてたがァ、エルメリアの第一王子っていうのは革新的な考え方をするんだなァ？」

「私は王になりたいわけじゃないからな。ただ、王というパーツが必要だと民が望むなら、消耗品になる覚悟はできているさ」

少し自嘲したようにヴィクトール王子が笑う。

「殿下、そのようにおっしゃられては困ります」

「グランゾル殿。あなたとて、私に忠義を示すために来たわけではないだろう？」

渋い表情をする〝英雄〟に、ヴィクトール王子がしたり顔を向けた。

「小生は、冒険者ですからな」

「見ろ、ビスコンティ殿。私の唯一にして最も頼れる配下とてこの調子だ。今更、崩壊しかけの王国の秘密の一つや二つ知られてもどうということはない。それに、君は連絡役も担っていると聞いた。ならば、情報は全て知っておいて、我々がしくじった時に〝それ〟を伝える役回りもしてもらわなくては」

万が一……俺達が、帰れなかった場合。

今まで語られた情報と、今から語られる情報が永遠に失われる可能性がある。

それは『魔王城』を攻略せんとする第二陣、第三陣にとって痛手となるのは明らかだ。

「ふむ。情報ならばアストルに飛ばしてもらえば届くと思うがの……まぁ、ビスコンティよ。諦めて知るがいい。そもそもお主、そのように遠慮する人間でもあるまいて。ガッハッハ」

豪快に笑うレンジュウロウに毒気を抜かれたのか、ビスコンティが椅子に腰を下ろし直す。

「では、僭越《せんえつ》ながら……」

ビジリが小さく笑って頷き、口を開く。

「まず『ダンジョンコア』を起動するのは、なんですか？」

「えーっと、願い、ごと？」

「そうですね、ユユさん。アレは人の願いに反応して『全知録《アーカーシャ》』の扉を開く鍵です」

『全知録《アーカーシャ》』。

記録、知識、歴史、概念、魔法……全ての知が集約された、別名『神々の書庫』と呼ばれるモノ。

全ての結果と答えが集約された、事象の果て。

そして、おそらく『E.E.L.』が存在する場所でもあると思う。

「では何故、稼働中の『ダンジョンコア』が制御の効かない危険な物なのかわかりますか？」

誰も答えない。俺にだって答えはわからない。

「地脈《レイライン》に直結しているから、だね。同輩よ、遠回しなのは好ましいが、人の子らには少しばかり難しい問いのようだよ」

肩に乗る悪魔がカタカタと頭蓋を揺らして笑う。

「地脈《レイライン》は環境魔力《マナ》の大奔流《だいほんりゅう》で、あらゆる生命の無意識の集合体でもある。私達が今考えていることだって、少しずつ環境魔力《マナ》へ溶け出して、地脈《レイライン》を巡るんだ」

「……なるほど」

稼働中の『ダンジョンコア』には『集合的な無意識』という名の巨大な意識が存在するってことか。

一人の人間の意識や願いなど、あっという間に呑み込んでしまう混沌とした意識。そこに、無理矢理に何か『願い』をねじ込めば、『集合的な無意識』は自我なき無意識であるが故に、その願いを歪めて受け取ってしまうかもしれない。

結果、暴走事故を引き起こす……という理屈か。

魔法式をきちんと形成せずに魔力を注ぎ込んだ結果起こる魔法事故に、似ているかもしれない。

「では、それを制御するにはどうすればいいでしょうか」

そう言いながら、ビジリは木の枝で地面に図を描く。

「このように、人と『ダンジョンコア』の間に意思と意識の交換器《コンバーター》となる存在を挟むというのが、最も確実でしょう。そして、それは特別な素養を持った人間にしかできません」

一呼吸おいて、ビジリは言い放った。

「――つまり、人間を『ダンジョンコア』の容器にするんです」

「人間、ですか？」

それが何を意味するか、意識的に考えないようにして、俺はオウム返しで尋ねる。

「ええ、人間です。魔力《マナ》親和性が高く、魔法的素養があり、なおかつ大型の『ダンジョンコア』と融合して拒絶反応と魂の崩壊を起こさない……そういう人材です」

「融合した人はどうなるの？」

ミントが恐々といった風に漏らす問いに、ビジリが答える。

「人ではなくなります。稼働中の『ダンジョンコア』に意思を伝達するための生体部品として、永遠に『ダンジョンコア』に縛られ続けます」

予想していた答えだが、聞きたくはなかった。

それは他のみんなも同じようで、重い空気が周囲を満たす。

「では、『シェラタン・コア』は……」

「そのように制御された、稼働中のコアということになります」

学園都市《ウェルス》でも、非人道的な実験はあった。『真理』に到達するためには、人道など置き去りにして良いと考える賢人もそれなりにいる。

——しかし。それでも、だ。

湧き上がる嫌悪感を、どうしても抑えきれない。

この世界を救うために、『淘汰』を回避するために、そんなものを当てにしていたなんて、自己嫌悪が溢れそうだ。

「恐れても、恨んでも、蔑んでもいいですよ。この方法を、あなたがた人間に伝えたのは……他ならない私なのですから」

ビジリが夜空を見上げて、遠くを見る。

「大型とはいえ『ダンジョンコア』です。使えば摩耗《まもう》する。……使い切れば石くずへと変じる。それを防ぎ、後の世の子孫達が『淘汰』に直面した時のために『シェラタン・コア』を残さなければならない……そう考えた者達の決意であり、私の罪なんですよ」

「王家では、そんな話は聞かされていませんでしたわ」

ナーシェリアが難しい顔をして、ビジリを見つめる。

「人の命は短い。世代を三つも重ねれば口伝《くでん》は失われ、意味は薄れる。それでも、歴代の王には伝えられていたはずなんですけどね」

「お父様は知っていた、と？」

「ええ。現王は知っていたはずです。歴代のエルメリア王は、『シェラタン・コア』の使用権限を譲渡される際にそれを聞かされるんです」

ここまで聞いて、いくつかの疑問に答えが出る。

『ダンジョンコア』を☆1が使うことの意味についても、だ。

そして、俺は一つの推論に辿り着く。

「ビジリさん、もしかして……もしかして、『シェラタン・コア』の制御に使われた人材というのは……〝魔導師《マギ》〟アルさんですか？」

一呼吸置いてから、ビジリがゆっくりと頷いた。

「……ええ、そうです。私という魔王と、彼という天才がその場にいてしまったことで、このおぞましい利用方法が確立されました。今も彼は、『シェラタン・デザイア』の最奥で、『ダンジョンコア』の一部として存在しています」

「コアがリカルドに取り込まれるのを阻止しているのは、古代の〝魔導師《マギ》〟殿ということらしい。だが、いつまで持ちこたえるかわからないがね」

「現王が先手を打っていると思いますよ。彼はとても賢い人間だったからね」

王子とビジリの話を聞きながら、俺の意識はまた別の方向へと向けられていく。

現在、存在が知られている超大型コアは三つ。

エルメリア王国の『シェラタン』。

ベルセリア帝国の『エルナト』。

暴走し、姿を消した『ズヴェン』。

このうち、『エルナト・コア』はどう管理しているのだろう?

純粋に『ダンジョンコア』として使用しているのか、それとも『シェラタン・コア』のように、生贄の如き手法を使っているのか……

そして『ズヴェン・コア』はもはや現存していると考えるのを諦めた方がいいだろう。

おそらく、稼働中のまま使用しようとしたんだろう、と予想するのが正解な気がする。

そうでなければ、あのような大規模な暴走事故を引き起こすとは考えにくい。

……あと一つ。

疑わしきは学園都市《ウェルス》だ。

あの学園長は、『超大型ダンジョンコア』をなんらかの方法でコントロールしている可能性がある。

彼の支配地域である学園本塔は、そのまま大型ダンジョン『逆さ塔《リバースタワー》』と直結しているにもかかわらず、自由自在に学園内の事象を操っていた。

「……アストル、また吹っ飛んでんぞ」

エインズに肩をゆすられて、思考を現実へと戻す。

「ああ、すまない。他の超大型コアについて考えていた」

「私の知る限り、稼働状態で使用している『超大型ダンジョンコア』は『シェラタン・コア』だけのはずですけどね」

「それよりも、だ」

ヴィクトール王子が切り出す。

「まずは『シェラタン・デザイア』を攻略することを考えないと。私達はかつての勇者の足跡を辿っていかねばならんのだろう？」

そうだ。全てはそこに集約される。

『シェラタン・コア』の確保も、現王の所在も、母達の安否確認も……そして、リカルド王子──もとい、魔王シリクの陰謀阻止も、今回のダンジョンの攻略可否にかかっているのだ。

近年ほとんど成し遂げられていない本迷宮《メインダンジョン》の攻略を、この不安定な状況下で成功させねばならないというのは、かなりリスクの高い行動となる。

「ダンジョンそのものの危険は、ほとんどないと思いますが……この状況です、『悪性変異《マリグナント》』が内部にいる可能性は高いでしょうね」

ビジリの考えを聞いたレンジュウロウが疑問を挟む。

「『呪縛』はどうじゃ？」

「『呪縛』も存在するでしょうね。まともに動けるのは、王家の血を引く者と、私、そして……アストルさんくらいかもしれません」

王城にかかっていた『呪縛』は相当に強いものだったらしいが、俺には全く影響がなかった。つまり、あれと同じ程度であれば俺は能力減衰《のうりょくげんすい》を受けずに『シェラタン・デザイア』を進むことができる。

「ダンジョン内で強い『呪縛』が発生するのは、下層に入ってからですし……そこまでは全員で進むのが得策でしょう」

各々頷く中、俺は気になっていたことを尋ねた。

「ところで、ビジリさん。そちらの瘴気《ミアズマ》対策は万全なのでしょうか？」

王都に近づくにつれ、瘴気《ミアズマ》は濃くなる。
☆5であるヴィクトール王子やグランゾル子爵にとっては危険だ。
「二人には、魔王イアスの特別な魔法を付与しています。瘴気《ミアズマ》を無効化できる優れものですよ」

「わかりました。いざとなれば魔法薬《ポーション》もありますので」

そう伝えて、俺は大きく息を吐き出す。

「ふふ、すっかりリーダー役が板についてきましたね。本当に……アルを見ているようだ」

「古代の魔導師《マギ》……どんな人だったんですか？」

「彼の話を始めると、少しばかり長くなりますよ？」

「ユユも、聞きたい」

「アタシも。アストルとだったらどっちがヘンなのかしら？」

姉妹にも促され、ビジリは懐かしそうに目を細めて語りはじめるのだった。

◆

「見えてきた、王都だ」

ビジリさんと再会してからから三日。

少し小高い丘を上ったところで、俺達は王都を視界に捉えた。

「周囲に敵影ありません」

馬車に戻ってきたチヨが、本日何度目かとなる先行警戒の結果を告げた。

緊張感を失ってはいけないのだが、こうも何もないと気を張っているのもなかなかに難しい。

『悪性変異《マリグナント》』どころか、王都周辺で幅を利かせていた魔物《モンスター》すらいないのだ。

「静かすぎて不気味だぜ……」

「なに、余計な消耗をしなくてよかったと考えればよい」

顔をしかめるエインズの肩を叩き、レンジュウロウが口角を上げた。

「大きく迂回して、王都東の湖に向かうんだったか？」

俺は手綱を握るビスコンティの背中に尋ねる。

「あぁ、そう聞いてるぜェ」

「そんな場所に『シェラタン・デザイア』の入り口があるのかしら？　王都にいた時はそんなの聞いたことなかったわ」

ミントが首を小さく捻って、俺に同意を求める視線をよこした。

「ヴィクトール王子とビジリがあると言うからにはあるんだろう」

王子達の話によると、王都から少し東にある森の中に湖があるそうだ。

そこにある小さな祠《ほこら》が、実は王家の秘密の通路で……その秘密の通路は『シェラタン・デザイア』へと繋がっているらしい。

脱出用の通路を逆に侵入路にするというのも、少しばかり皮肉な話ではあるが。

そんなことを考えていると、ユユが俺の袖《そで》を小さく引っ張った。

「ね、アストル。伝説の魔導書、見せて」

「どうぞ」

ここのところ、彼女は『ガーヤト・アル＝ハキーム』にご執心《しゅうしん》である。

俺が開いていても白紙のままなのに、ユユには時折何か魔法式が見えるらしい。

「一体、なんの魔法が見えてるんだ？」

「これは……何、かな？　まだ断片的で、よくわからない」

ユユにもはっきりしないみたいだが、白紙に見えるそのページには確かに何か書き込まれているとのことだ。

全くもって不思議な魔導書である。

「必要な時に、必要な魔法を、必要なだけ。不思議な言葉だけど、アストルには必要ないものよね」

馬車の中で装備の精査をしていたミントがポツリと漏らした。

「どういうことだ？」

「そのままの意味よ。その魔導書ができることって、アストルだってできるじゃない？」

「ん。アストルは、いつもヘンな魔法、作るし、ね？」

姉妹がクスクスと笑う。

その様子に顎を触りながら、放浪の賢人レンジュウロウも続く。

「ふむ。確かに……アストルは必要な場面で、必要な魔法をその場で作ってしまうからのう。この古い魔導書の出番はないやもしれぬな」

「工夫してなんとかしているだけですよ。俺の知らない魔法や魔法式、構成理論はいくらでもある」

『ガーヤト・アル＝ハキーム』がどれほどの力を秘めているかは全くの未知数だ。

俺の知らない、あるいは今まで考えたこともないような魔法が浮かび上がる可能性だってある。

そう考えれば、俺にはまだまだ〝魔導師《マギ》〟の名は重い。

「今は、ユユが読んでる、から。魔法式になったら、ちゃんと教える」

「まさか、ユユの暇潰しという必要に応じて、魔法を表示させているんじゃないだろうな」

そんな軽口を叩いているうちに、馬車は森を進み、湖へと到着した。

降り立った俺は、その雰囲気に思わず息を呑む。

小さいながらも清浄《せいじょう》な水を湛《たた》える湖のそばには、石造りの祠が一つ立っているだけだが、まるで結界石をいくつも配置したような魔法的な清らかさがあった。

「すごい……。結界石も使わないで、どうやってこれだけの空間を防護しているんだろう」

「魔法道具《アーティファクト》を使って細工をしているんです。ここは安全圏を確保しなくてはならないので。この結界なら『悪性変異《マリグナント》』も入ってこられません」

ビジリの説明に驚きながらも、納得する。

俺とて結界用の魔法道具《アーティファクト》を作った経験がある。もっと上手く作れる魔道具職人だっているだろう。

「お兄様、この祠が……？」

「ああ、入り口だ」

少し大きい石造りの祠は風化しているものの、元は精巧《せいこう》なレリーフが彫られていたと感じさせ、なんとなく縦に置かれた大きな棺桶のようにも見えた。

「今日のところはここでキャンプをしましょう。それと、ナナシ……さん？　少し話をしてもよろしいですか？」

「ヒミツの話かな？」

「えぇ、悪魔同士で」

ビジリに声をかけられ、肩に乗ったナナシがちらりと俺を見た。

頷いてやると、ナナシはポンっと小さな煙を上げて消え、次の瞬間にはビジリの前に本来の大きさの悪魔がするりと立ち上がった。

「少しばかり吾輩は席を外すよ」

そう言い残して、ナナシはビジリと共にその場からふわりと姿を消した。

「では、我々も少し話をしようか」

焚火に薪をくべる俺の隣に、笑顔の〝英雄〟グランゾルが腰をどかりと下ろす。

隆起した筋肉に、精悍《せいかん》な顔──教科書で見たあの伝説級冒険者が、今俺に話しかけていると思うと、少しばかり緊張する。

「む、〝魔導師《マギ》〟殿。小生のことが苦手か？」

「ああ、いえ、違うんです。俺はあなたに憧れて冒険者を目指したので……」

俺はもごもごと言葉を探すが、気の利いた台詞が出てこない。

「ほう……それは嬉しいことだ。だが、そう緊張しないでくれ。この通り、小生などただの冒険者にすぎない」

「善処します。それで、お話とは？」

「ああ、いや……〝魔導師《マギ》〟殿が☆1と聞いてな」

瞬間、会話を聞いていた者達から〝英雄〟に向かって物騒な気配が飛ぶ。ミントに至っては完全に殺気だ。

「おおっと、誤解しないでいただきたい。小生は☆1を蔑むつもりで声をかけたわけじゃない」

「じゃあ、どうだっていうのよ」

俺の隣に腰を下ろしたミントが、据わった目をグランゾル子爵へと向ける。

「どうやってここまで来たのか、というのを聞こうと思ってな」

「どういう意味ですか？」

「小生にもかつてはパーティがあり、駆け出しの時代があった。その頃、荷運《ポーター》びとして共に冒険した☆1の男がいたのだ。だが、彼とは共に進むことができなかった。若かった小生達は☆1だからと彼を侮り、彼自身は諦めていた。……故に、いかにしてキミがこの冒険の舞台に立ったのか、気になったのだ」

〝英雄〟の目には、興味と、悔恨《かいこん》がない交ぜになった光が浮かんでいる。

「俺は……俺も、きっとその人とそう変わりませんよ。ただ、俺には手を引いたり、背中を押したりしてくれる人達がいただけです」

そう口にしながら、俺はエインズ達を見回す。

「そうか……。やはり小生は、選択を誤ったのだな」

大きく息を吐き出し、〝英雄〟は〝英雄〟らしからぬ、なんとも言えない顔で俯いてしまった。

◆

翌日、良い匂いで目を覚ました俺がテントから這い出すと、焚火には鍋が掛けられており、その周囲には串に刺したパンが並べられていた。

「おう、起きたな？」

焚火を囲んでいるうちの一人、エインズが俺に気付く。

レンジュウロウも起きていたようで、その胡坐《あぐら》の上ではチヨが小さく丸まって寝息を立てていた。

「珍しく、よく眠っておったな」

「ええ、ゆっくりと。みんなは？」

「まだ眠っておるようじゃ」

焚火のそばに設置された丸太を倒しただけの椅子に腰かけると、エインズが湯気の立つカップを手渡してくれた。

「いよいよ突入だ。気力は充分かよ？　〝魔導師《マギ》〟殿」

「魔力《マナ》は問題ない。後はいつも通りやるだけさ」

そう。いつも通り、できることをやるのみだ。

「〝魔導師《マギ》〟殿は落ち着いているな。若いのに大したものだ」

茶をすすっていると、森の中から薪を抱えたグランゾル子爵が現れる。

「で、あろう？　こやつは肝《きも》が据《す》わっておる上に、時折とんでもないことをする。まさに賢人に相応しい人材よ」

　果たして、それは褒められているのだろうか。

「あれー……もう起きてるのぉー」

「アストル、おはよ」

　姉妹がそれぞれテントから這い出してきた。まだ冒険装束を着ていない姿で、ミントは思いっきり寝ぼけた様子だ。これから伝説のダンジョンに潜るというのに、ずいぶんと図太いな。

「二人とも、おはよう」

「あのね、アストル。魔法、覚えた」

「えっ」

「夢の中でね、伝説の魔導書の、魔法式がピッタリ、合ったの」

「どんな魔法なんだ？」

「こっち、来て」

　嬉しそうなユユに手を引かれるまま立ち上がり、焚火から少し離れた位置で向き合う。

　上機嫌な彼女が自分の魔導書を取り出して、朗々と詠唱を始める。

　小さな声で詠唱が紡がれていくのは、八つの節からなる長い魔法。

「――〈小さな祝福《リトルブレス》〉」

　きらきらとした光の結晶みたいなものが降り注ぎ、俺を包む。

なんだか、気持ちが軽くなるような……安心感を得た気がする。精神系の魔法だろうか？

そんなことを考えつつも、【反響魔法《エコラリア》】を発動してユユにも同じ魔法をかける。

『ガーヤト・アル＝ハキーム』がもたらした魔法というものが、いかなるものか気になった。

「どんな効果があるんだ？」

「少し、運が良くなる、おまじない……かな？」

「おまじない、か」

ユユの言葉に、俺は思わず笑顔になってしまう。

なんとも彼女に相応しい魔法を与えてくれたものだ。

「ほう……これはまた、得難い魔法を得たね」

いつの間にか肩に出現していたナナシが黄色い目を丸くしている。

「そう、なの？」

「ええ、奥様。本物の祝福を授《さず》けるなど、神の御業《みわざ》にも等しい魔法です」

ナナシが俺の頬をペタペタと叩きながら、魔法の力を確かめている。

「そんなにすごいのか？」

「天命や命運に事象を割り込ませる魔法……まさに神の魔法だよ。吾輩も今まで見たことはなかった」

そう言われてみれば、すごいな。能動的でないにしろ、〝幸運〟を引き寄せる魔法なのだから。

「でも、問題があるようですね」

いつの間にか近くに来ていたビジリが、見定めるように俺達二人を見ている。

「これ……きっと私達には作用しない魔法ですね」

「やはり気付いたか、さすが魔王殿は鋭いね」

「どういう、こと？」

ユユの質問に、ナナシが尖った指を立てて説明を始める。

「魔法式と魔法効果の制約がかなり強い。つまり、使用できる対象が大幅に制限されるね。むしろ、他人にかけられる方が驚きだ、いや……主《マスター》相手だったからかけられたというべきか」

「俺もさっきユユにかけられたけど……？」

「おそらく二人の関係がそれほどに深いということでしょうね」

ビジリがにこやかに告げる。

「結びつきが強い相手にしか、効果を発揮できないようにできていますね。アルの魔導書らしいといえば、らしいです」

「制限要項を増やすことで必要魔力《マナ》と詠唱のコストを抑えているんだろう」

「それでもランクV魔法か……かなり重い魔法だな」

自分の魔導書に追加された〈小さな祝福《リトルブレス》〉のページを見ながら、俺は思案する。

発動条件が近しい人であるとすれば、ナナシにもかかるのだろうか？

そう考え魔法式を紡ごうとした途端に、魔法式は乱れて意識から霧散《むさん》してしまった。

ユユにしかかけられないのか？

「どうしたの？」

「ナナシにかけようとしたら、魔法式が成立しなかった」

「お姉ちゃんにならどうかな？」

「試してみよう」

まだ寝ぼけ眼《まなこ》でぼんやりと焚火の脇に座るミントに向かって、俺は黙唱《サイレントキャスト》で〈小さな祝福《リトルブレス》〉を使う。今度は魔法式が脳内できちんと形成され……光の粒がきらきらとミントを彩った。

「ミントにはかかるみたいだ」

「どうやら強い結びつきが必要なようだね」

「何が言いたい？」

「甲斐性《かいしょう》のある主《マスター》だな、と感想を漏らしただけだよ」

カタカタと頭蓋を鳴らして、悪魔がいやらしげに笑った。

◆

準備を終えた俺達は、祠の前に集まって最後の確認を行う。

ビスコンティはこの場に残って馬車を保守することになっているので、一旦はここでお別れだ。

「ここまで来たら、オレも入りたかったぜェ」

冗談めかして残念がるビスコンティを、レンジュウロウが宥《なだ》める。

「ふむ、傭兵から冒険者に転職かのう？　なに、これが終われば、その道も容易じゃろうて」

とはいえ、これが上手くいったところで、今度はモーディア皇国をどうにかしなければならない。

ビスコンティと、今は後方待機に回ってもらっているフェリシアやリック達にとっては、そちらの方が重要だろう。

「みんな、準備はいいか？」

黒い鎧に身を包んだヴィクトール王子が、きりりとした顔で見回す。それに各々が頷き返したところで、王子が祠のレリーフへと手を伸ばして、小さく何事かを呟いた。

すると、レリーフに細かなひびが入って徐々に広がり……最後には砂となって風に舞った。

ぽっかりと出現した暗がりを、俺達は緊張をもって見つめる。

開放した瞬間、待ち構えていた『悪性変異《マリグナント》』が飛び出してくる可能性もあった。

「入り口の安全は確保されているようだ。この階段を利用して中層までは下りられる……そうだな？　ビジリ」

「ええ。私と王家の承認があれば、地下十五階層まではこの通路で下っていけます」

中層まで一気にショートカットできるなんて、便利な構造だ。

『エルメリア王のダンジョン』にも同じものを設置してくれないだろうか。

いや、他ならぬ王がこれを造ったのだろう。いわば、歴代の王はこの『シェラタン・デザイア』の仮迷宮主《ダンジョンマスター》として機能していたのだ。

それこそ、城の小迷宮《レッサーダンジョン》を造ってしまうくらいなのだから、本迷宮《メインダンジョン》の構造を変化させて、こういった通路を作るのも容易だったのかもしれない。

「ここからは、本職の冒険者に任せようかな」

ヴィクトール王子が俺を見る。

「王子も冒険者なのでは？」

「私は冒険者でも漫遊型で、ダンジョンは専門じゃないんだ。冒険者をやっているのも市井《しせい》の知見を広めるためでね」

そう苦笑して見せるヴィクトール王子に頷いて、俺は昨日考えていた編制を口にする。

「パーティを二つに分けます。まず、俺達——エインズのパーティは先行します」

「小生は先鋒《せんぽう》に立たなくてなくていいのか？」

グランゾル子爵が少し心配そうにこちらを見る。

「もし、事故や罠で分断された際のバランスを考えた構成です。戦力比重は両殿下のガードが最優先ですからね」

ヴィクトール王子の実力は未知数だが……手練れの護衛騎士であるデフィムを筆頭に、ダンジョン攻略数最多の〝英雄〟グランゾル子爵がいれば安心だ。それに、〝九つの物語《ナインテイルズ》〟のナーシェリア、信じられないほど強力な戦闘力を有するレオンをパーティに固めておけば、むしろ道中は過剰戦力とすら思える。

特にナーシェリアは斥候《スカウト》能力に長《た》けた別人格《アルターエゴ》——マーシェリアのスキルを引き出せるので、いざとなればチヨと同じ役回りだって可能だ。

……〝エルメリアで最も美しき宝石〟に頼むことではないのだろうけど、仕方あるまい。

「承った。両殿下は小生が必ずお守り申し上げる」

「わたくしのことはお気になさらず、子爵。自分の身は自分で守ります」

意気込むグランゾル子爵にそう笑って、ナーシェリアが腰の『水乙女の細剣《ヴァラシオン》』に触れる。

「それに、デフィムとレオンがいますから」

ナーシェリアの笑顔に、護衛騎士と異界からの勇者が揃って頷く。

「お任せください。この命に代えても、姫様をお守りいたします」

「『蒼天剣《リラアカシュ》』の使い方にも慣れてきた。それに、俺には拳骨《げんこつ》があるからな。指一本触れさせないさ」

「ああ、頼んだ。ヴィクトール殿下とナーシェリア王女を任せたよ」

俺の言葉を聞き、何故かヴィクトール王子とナーシェリアが同時に眉根を寄せる。

「アストル」

「先生」

「な、なんでしょうか？」

王族二人が、どこか似た顔で俺に詰め寄る。

「私のことは気軽にヴィーチャと呼んでくれと言ったはずだが？」

「わたくしのことはナーシェと呼ぶようにと約束したように思いますが？」

そう言われても、いくらなんでも王族を愛称で呼び捨て——いや、ナーシェリアは塔ではそう呼んではいたが、とにかく、さすがに公共の場所では難しい。

「小生のこともよそよそしいな？　グランツと呼んでくれ」

しかも、迷宮貴族まで悪戯顔《いたずらがお》で話題に乗っかってくる始末だ。

「ここから先、背中と命運を預け合う仲間だ。遠慮はいらない」

「しかし、殿下。俺は☆1で平民です。非常事態ですのでこうしておりますが、本来口をきくのも不敬なことで……」

言葉を遮って、ヴィクトール殿下が俺の肩をがっしりと掴む。

「アストル、君の☆のことは聞いている。どんな辛い境遇にあったか、想像に難くない。我が国の……いや、世界に蔓延する悪《あ》しき慣習だ！　だが、私は君を評価する多くの声を、そして偉業といえる成果の数々を、ビジリからも密偵からも、そして市井の色々な場所で聞いている」

ヴィクトール殿下が熱っぽく語る。

「今回の件に取り掛かる時、酔狂《すいきょう》や思い付きで君を探していたわけじゃない。必ず君なら力になってくれると信じていたから探していたんだ。これは王族としてじゃない。君という英雄を求めるただ一人の人間として、君の助力を乞いたかったんだ」

「お兄様、言い訳が冗長に過ぎます。……アストル先生、兄はこう言いたいんですよ――友達になってください、と」

妹に指摘され、ヴィクトール王子がバツが悪そうに目を逸らす。それが俺には温かいものに思えた。
☆1だから、平民だからと、逆に二人を遠ざけていたのは俺ではないか。多くの人が☆1を蔑み、遠ざけるように、俺も二人の地位や立場を理由にして、優しさや親しさを信じることを諦めていたのかもしれない。

「あー、そういうことなんだ。アストル、つまり私は君と友人になりたいんだ」

「ああ、よろしく……ヴィーチャ。きっと成功させよう」

俺の言葉に、ヴィクトール殿下……ヴィーチャがその表情に喜色を宿す。

「ナーシェもありがとう。少しだけ目が覚めたよ」

「あら、先生がわたくしにお礼なんて珍しいことですね？」

微笑んだナーシェの顔にも兄に似た表情が浮かんでいる。

ああ、なんてもったいないことだろう。

〝エルメリアで最も美しき宝石〟の屈託《くったく》のない笑顔が、俺に向けられている。

「……小生は？」

寂しそうに呟くグランツ子爵の背中をレンジュウロウが叩く。

「ほれ、グランツ。準備せよ……若人《わこうど》ばかりには任せておられんぞ」

「お、おう！」

俺の背後でも、何やら新しい友情が結ばれたようだ。

◆

「敵影、罠、共になし。進めます」

先行警戒に出ていたチヨが通路の入り口から顔を覗かせる。

王家が脱出経路としているので、罠はないだろうとは思ったが、敵——『悪性変異《マリグナント》』もいないのは助かった。

この様子だと、リカルド王子にはこの通路の存在は知らされていないのかもしれない。

「では、突入します。Bパーティは視認可能な範囲で、できるだけ距離を開けてください」

「了解した」

俺の言葉にヴィーチャ達が頷く。

作戦指揮の関係上、俺達のパーティを『Aパーティ』、王族護衛のパーティを『Bパーティ』とした。

「私はAパーティに随行《ずいこう》しますね」

そう言いながら、ビジリがしれっと俺の隣に並んだ。

「ビジリさんもついてくるんですか？」

「私がいないと、中層以降の案内ができないでしょう？」

言われてみればそうなのだが、今までの感覚で、彼はここに残ると思い込んでしまっていた。

「それに、記憶を取り戻した私はそれなりに戦えますから、ご安心ください。Bパーティと戦力バランスをとるのであれば、丁度いいでしょう」

『淘汰』の厄災たる力を持つ魔王の力だ、丁度いいなんてものではない。

「じゃあ、俺はここで待ってるぜェ……戻って来いよォ？」

「わかっているさ。荷物番をさせてすまないが、後を頼むよ、ビスコンティ」

「おゥ。気楽な仕事をさせてもらうぜェ」

にやりと笑ってビスコンティが片手を上げる。

それに頷き返して、俺は祠の門をくぐった。

中は妙にひんやりとしていて、どこか見覚えのある感じだった。

『『エルメリア王のダンジョン』に、似てる、ね？』

「んだな。壁の材質とかは上層階によく似てるぜ」

ユユとエインズの感想通り、このうっすらと不思議な光を放つ煉瓦造《れんがづく》りの壁などは、『エルメリア王のダンジョン』のそれに酷似《こくじ》している。

あそこもエルメリア建国王に由縁《ゆえん》があるし、この『シェラタン・デザイア』もエルメリア建国に関わった……いや、エルメリア王国の中枢そのものなのだから、当然だ。

「しっかし、すごい風景ね。どこまであるのかしら」

階段を注意深く下りながら、ミントが呟いた。

壁に階段が設置された円筒状構造で、中央部分は吹き抜けになっており、底は暗くて覗き込んでも何も見えない。

「何か落として深さを確認してみる？」

「藪蛇《やぶへび》になるのはごめんだ、よしておこう」

戦闘となれば、この三メートルほどしかない狭い階段で乱戦になる可能性がある。

底で待ち構えているかもしれない『悪性変異《マリグナント》』を引き寄せるような行動をあえてとることもないだろう。

吹き抜けを〈落下制御《フォーリングコントロール》〉の魔法で下りていくという手も考えたが、どんな危険があるかわからない。ここは文字通り地に足をつけて、確実に行くべきだ。

薄暗い階段を延々と下りていると、方向感覚ならぬ上下感覚が曖昧《あいまい》になって、まるで地獄の底に向かっているような気持ちになってくる。

たった十五階層分下りるだけなのに、どうやら俺は思った以上に緊張しているらしい。

「大丈夫？」

横を歩くユユが手を重ねてくる。

「ああ、緊張しすぎはよくないとわかっているんだが、徐々に圧がかかっているような感覚だよ」

「そうなの？」

「ワシもじゃ。まるで迷宮主《ダンジョンマスター》に近づいておるような、悪寒《おかん》がするわい」

レンジュウロウがああ言うのだ、おそらく鋭敏な感覚を持つチヨも、同じように感じているだろう。

「しかし、そうなると……どうなんだ？　このダンジョンの迷宮主《ダンジョンマスター》ってのはよ……」

「そうね。王様？　それとも『シェラタン・コア』？」

エインズとミントの質問に俺は答えることができない。

本来、ダンジョンで管理者とコアが別に存在することなど、ありはしないのだ。

黙ったままの俺に代わって、ビジリが返答する。

「そのどちらの可能性もあります。あるいは、コアに手を伸ばしているリカルド王子の気配かもしれません。『シェラタン・デザイア』は特別な管理がなされたダンジョンですからね……」

彼の答えを聞いて、その内の一つを選ぶとすれば……この気配はリカルド王子のものではないかと思う。理由はないが、このネガティブな不快感を纏ったプレッシャーは、どうにも普通じゃない。

王に接見したことはないといえども、王城ではこのような気配を感じることはなかったし、『ダンジョンコア』はもっと明快で純粋な防衛本能に従った圧力を発してくる。

……故に、これはリカルド王子のものだろう。

「あと、もう少しで中層の扉に到着いたします」

先行警戒をしていたチヨが戻ってきて、告げる。

覗き込むと、奈落の如き吹き抜けは暗いままだったが、遠く見える階段の終わりに、やや広い踊り場と、扉のような物が見えた。

……〈落下制御《フォーリングコントロール》〉プランを採用しなくて本当によかった。

予定通りに扉の前に到着した俺達は、息を吐き出す。

「ここまでは、順調ですね」

扉の罠を調べるチヨの言葉に、レンジュウロウが応える。

「うむ。この先はどうかわからんがの……」

「罠はないようです。材質は金属ですが不明。鍵穴らしきものはありません」

「王族の封印が掛けられているんですよ」

ビジリが振り返って、後方を歩くBチームを見やる。

「私とヴィクトールの承認で開くことができます」

「左様でございますか。では、開封についてはお任せするといたしまして……問題が一つ。扉の向こうに気配があります」

チヨが告げたその言葉に、俺達はにわかに緊張を高めた。皆まで言わずともわかる。

この扉の向こうに、『悪性変異《マリグナント》』がいるのだ。

飛び出してくるのか、待ち構えているのか。いずれにしても戦闘は避けられまい。

ユユと二人で手分けして、強化魔法を付与していく。

踊り場についたヴィーチャが、俺達の物々しい気配に気付いて眉をひそめる。

「どうした？」

「扉の先に、何かいるようです」

「そうか……ここからが本番というわけだな」

ヴィーチャの言葉に気を引き締めた俺達は、武器を抜いて扉を見据えた。

「開きます。ご注意ください」

両開きの扉に、ビジリとヴィーチャが手を添えている。

開錠の合言葉は歴代王に伝えられるのみだが、ビジリも知っていた。彼が小さく何か呟くと、重々しいゴォーンという鐘のような音が吹き抜けの空間に木霊《こだま》した。

それに呼応して、何かが扉を乱暴に開け放って突進してくる。

「やはりか……ッ！」

黒々とした表皮の『悪性変異《マリグナント》』が、甲高い悲鳴の如き雄叫《おたけ》びを上げている。

咄嗟《とっさ》に、〈咆哮抵抗《レジストシャウト》〉をミントに使用し、【反響魔法《エコラリア》】で自分にも発動する。

ビジリとナナシの話を総合した結果……つまるところ『悪性変異《マリグナント》』というのは、一つの種族であるらしい。

ありとあらゆる生物を基礎として、瘴気《ミアズマ》に汚染されて組み替えられた新しい生物群であり、どんな能力を有していてもおかしくはない。変化前と同じようなユニークスキルや先天能力《インヒーレント》を持っていても不思議ではないし、人にはない力を使ってくる可能性だってある。

『悪性変異《マリグナント》』には人の歪んだネガティブな部分が影響しやすい。

そうした部分を糧《かて》にして増殖侵蝕するのだから当然なのだが、結果として元となった生物が忌避《きひ》感《かん》や恐怖を抱いていたような能力を開花することも多いらしい。

早い話が、どいつもこいつも初見の手強い魔物《モンスター》として対処しなくてはならないというわけだ。

「Bチームはそのまま！　Aチームで対処します！」

歪んだ人型の生物を見据えながら、俺は剣を抜こうとしたヴィーチャを背後に庇《かば》う。

「むう、素体は人間のようだが……！」

レンジュウロウが顔をしかめながら、得物に手をかける。

目の前の『悪性変異《マリグナント》』は、上下肢あわせて六本の腕で、牛ほどもある体を支えており、目が見当たらない大きな頭部にはまるで切れ込みのような巨大な口がついていた。

刀を構えたレンジュウロウが、錬気《れんき》を始めている。

状況によって殺撃と【必殺剣・抜刀】を使い分けるつもりだろう。指示を出すまでもなく適切な行動をとってくれるのは非常に助かる。

それは、ミントやエインズも同じだ。

「エインズ！　そのまま引きつけておいて！　あたしが行くわ！」

「おうよ！」

エインズの背後で『白雪の君《サーメッティア》』を構えたミントが、奇妙な姿の『悪性変異《マリグナント》』に矢のように鋭く踏み込む。

「てぇぇいッ！」

ミントは勢いの乗った強烈な前蹴りを見舞い、そのまま踏み込むように大剣を大きく縦に振るう。

肉にめり込むものの、切り裂くには至らない。見た目よりも相当硬いようだ。

「敵、増援《アッド》！　さらに二体来ます！」

扉の先を警戒していたチヨが警告を発する。

この踊り場という狭い空間で、強力な『悪性変異《マリグナント》』と乱戦になるのは避けたい展開だ。

「アストル、私も戦うぞ！」

「アストル先生、お任せください」

ヴィーチャとナーシェが前に出ようとするが、ここで王族二人を危険にさらすのは悪手だろう。いくらナーシェの戦闘力が高いとはいえ、それは自衛のための奥の手でもある。ここで迂闊に消耗させたくない。同じく、デフィムとグランゾル子爵を二人から離すわけにはいかない。

「先生、俺が出るよ」

俺の逡巡《しゅんじゅん》を見抜いたのか、レオンが颯爽《さっそう》と駆け抜けて前に出る。

さすが勇者……物語の主役。格好良い奴だ。

「レオン、任せた！　足止めを頼む」

さて、俺も物語を彩る脇役として、最低限の働きはしないといけないな。

『悪性変異《マリグナント》』に弱体系魔法が効きにくいのは前回の戦いで学んだ。

で、あれば。直接的な攻撃を加えるしかない。

「エインズ！　ミント！　まずそいつを片付けるぞ！　前に出るからサポートを頼む！」

「おう。しくじんなよ？」

「オッケー！」

遠距離系の魔法では味方誤射《フレンドリーファイア》が怖い。

ならば、近距離で魔法を使うのが効率の良い戦い方だ。

ミントの大剣を通さないような丈夫さの相手だ……有効打を与えるには魔法の力が必要だろう。

「付与、いくよ」

動き出す俺に、ユユが強化魔法をかける。

無詠唱がずいぶんと板についてきた。

敏捷《びんしょう》と防御に特化したチョイスの強化魔法を受けつつ、俺は狭い踊り場を一足に駆けて『悪性変異《マリグナント》』に肉薄する。

発動待機《ストック》しておいた魔法を、【反響魔法《エコラリア》】も使って合計六発連続で叩き込む。こういう硬い相手にピッタリな〈魔突杭《エーテリック・パイル》〉という魔法だ。

「キエエシイアアアアアッ！」

謎の金切り声を上げて身をよじる『悪性変異《マリグナント》』。

丈夫な奴だが……この地形ならではの処理方法がある。

「叩き落とす！　射線を開けてくれ！」

意図を察した面々が、奈落方向の通路から退避するのを確認した俺は、魔力《マナ》を多めに投入した魔法式で〈風圧《エアプレッシャー》〉を放つ。

「ぐ、重いな！」

「任せて！」

押されゆく『悪性変異《マリグナント》』に、ミントが勢いよく蹴りを加える。

「お、おい……！」

魔法の影響範囲に入ればミントまで飛ばされてしまう。

相変わらずの考えなしめ！

思わず内心で毒づくが……よく見ると、彼女の手甲から細いワイヤーが伸びて床に刺さっていた。

俺がフェリシアに与えた魔法道具《アーティファクト》と同じものを少しばかり改造した装備だ。

本来はワイヤーで獲物の動きを制限して戦術の柔軟性を上げる使い方を想定して渡したものだが……なるほど、ミントも成長しているようだ。少しばかり見直した。

か細い悲鳴を上げながら奈落に落下していく『悪性変異《マリグナント》』を確認していると――

「ああ、なるほどね。さすが先生、あったま良いな！」

背後からレオンの声が聞こえ、次の瞬間、ものすごい勢いで『悪性変異《マリグナント》』らしきものが一体、奈落に向かって放り出され、金切り声と共に落下していった。

「わざわざ馬鹿正直に相手するんじゃなかったや」

そして、もう一体。ズタズタになった『悪性変異《マリグナント》』の死体を奈落に放り込みながら、勇者《レオン》がため息をついた。

◆

「抜け道以外の迷宮内には、すでに『悪性変異《マリグナント》』が放たれている、か」

俺の言葉にビジリが小さく頷く。

「はい。さらに、『悪性変異《マリグナント》』に対応するために、迷宮が通常の魔物《モンスター》も発生させているかもしれません」

「そうなると厄介だな……」

『悪性変異《マリグナント》』、通常の魔物《モンスター》、俺達で三つ巴《みどもえ》の乱戦ともなれば、危険度は数段増す。注意が必要だ。

「消耗に気を付けて行こう。それと、レオン。さっきは助かったよ」

「いえいえ、お役に立てて何よりっす。……今後は率先して前に出た方が良いすか？」

「いいや、Bチームで頼むよ。不測の事態に対応できないとね。王族の二人は今回のプランの核だから、絶対に守らないといけない」

『シェラタン・コア』に到着した時、二人が万全でないのでは話にならない。

「了解す、先生。でも、やばくなったら頼ってください。出し惜しみはきっと悪手だ」

「ああ、わかっている。頼りにさせてもらうよ」

レオンと軽く拳を当てて、扉の向こうに視線を戻す。

すでにチヨが先行警戒に出ているので、今のうちに消耗の確認をしておく。

「Bパーティは特になしだ」

ヴィーチャが報告を上げる。

所属するパーティでもリーダーをしているのだろう、慣れた様子だ。

「アタシは問題なし」

「ユユは、魔力《マナ》を少し使ったけど、問題ない。継戦可」

「ワシも大丈夫じゃ」

Aパーティも大きな問題はないようだ。

俺にしても錬気による魔力《マナ》循環《じゅんかん》があるので、魔力《マナ》消費自体はそれほどではない。

「ダンジョン内の汚染は少ないな。だが、やはり『悪性変異《マリグナント》』が近づくと濃度が増すようだ」

やはりか。なら、それを利用しない手はない。

「なら、ナナシ。『悪性変異《マリグナント》』の接近を感じたら教えてくれ」

「吾輩を索敵魔法代わりにするつもりか？　悪魔使いの荒い主《マスター》だな」

「専用の魔法を構成したいが、時間と魔力《マナ》がもったいない。頼むよ」

俺の依頼に、悪魔が渋々といった様子で首を縦に振る。

そうこうしているうちに、チヨが戻ってきた。

「ビジリ様がおっしゃっていた中間地点までのルート、確保しております。ダンジョン内に魔物《モンスター》はいませんでしたが、『悪性変異《マリグナント》』が一体、徘徊中《はいかいちゅう》です。状況によっては遭遇戦《そうぐうせん》になる可能性があります」

この大所帯だ……気付かれずに通り過ぎるには運も必要になる。

それに、後々挟撃《きょうげき》を招く可能性を考えると、むしろ奇襲をかけるなどして確実に仕留めておきたい。

「避けられない場合は排除しよう。ミント、『多機能手甲』の調子はどうだ？」

「違うわ！　これの名前は『プリンセスガード』よ！」

また俺の作った魔法道具《アーティファクト》にヘンな名前つけているな。

「特に問題ないわ。魔石がくっついてるからかしら、アタシの魔力消費はほとんどないしね」

先ほどの戦闘でも使用していたミントの手甲は、今回の冒険に備えて俺が作った魔法道具《アーティファクト》だ。ワイヤー射出装置や小盾《バックラー》形成機能など、ミントが戦うのに必要な機能を組み込んである。

「よし、問題ないなら進もう」

「おうよ。しかし、アストル。お前、全く自重《じちょう》しなくなったな」

「え？」

振り返ると、エインズが軽くため息を交えて親指で後方……Bパーティのヴィーチャを示した。

そこには興味津々《きょうみしんしん》といった様子でまじまじと俺を見る王子の姿があった。

「☆1の魔法使いが接近戦で『悪性変異《マリグナント》』を圧倒などしてみよ、普通はああなるものよ」

レンジュウロウが含み笑いをしながら、口角を釣り上げる。

「『悪性変異《マリグナント》』相手に出し惜しみなんて、できやしませんよ。……殿下に口止めしておかないと」

「口止めどころか、上手くすれば大貴族じゃな。ヴィクトール殿下が王位を継げば、お主にとって住みやすい国になるかもしれんぞ？」

「俺は学園都市《ウェルス》に塔《すみか》を得てしまいましたから」

エルメリア王国は祖国ではあるが、今の俺には賢人という立ち位置が気楽になっている。

俺のような、魔法を研究したい人間にとって、あそこ以上に楽しい場所はない。

……それに、王は変わっても、人は変わらない。
☆1に石を投げつけていた者達《おれたち》が、王の通達で明日からいきなり対等な関係を築いてくれるなんて幻想を抱くほど、俺は楽観主義者ではない。

おそらく、それに反発する地下組織が複数出来上がって、逆に危険度が増す可能性すらある。

「俺は、全部終わったら……学園都市《ウェルス》に戻ります。塔で魔法を研究しながら、ユユと――……ついでにミントと一緒に、楽しく暮らしますよ」

「何よ！　アタシはついで!?」

ミントが不満げに頰を膨らませる。

「ダンジョンで大きな声を出すな。気付かれるぞ」

「ぐぬぬ……後で覚えてなさいよ」

「後でね」

これで、また生き残らなきゃならない理由が増えた。ミントの機嫌取りをするために、是非とも生きて帰らないとな。

「ユユも、何か約束」

そう袖を引っ張られたので、少しばかり考えてから小さく耳打ちする。

「ん。いいね」

「約束だ」

二人だけの約束をして、生きて帰る誓《ちか》いとする。冒険者のおまじないだ。

「レンジュウロウさんは、チヨさんと何か約束を？」

「ワシらは祝言《しゅうげん》を挙げるまで互いに逝けぬ身よ。それに、ワシは全国各地に未練を残しておるでな……南方の料理はまだいくつも味わっておらぬし」

グルメなレンジュウロウらしい答えを聞き、俺は少し笑う。

「全員で生きて帰ろうぜ。物語の最後は〝いつまでも幸せに暮らしましたとさ〟で締めてやる」

エインズの陽気な言葉に、全員が頷く。

「あなた方はとても好ましい。元『淘汰』たる私が言うのはなんですけど、レムシリアの人間は本当に……逞《たくま》しくて、しぶとくて、いつも前向きだ。私が絶望する暇すらありませんよ」

「絶望の魔王がよくも言ったものだね」

ビジリをからかうようにナナシがカタカタと笑う。

「ナナシさんこそ。いつか自分を取り戻した時、きっと同じことを思いますよ」

ビジリにそう返された悪魔は、〝ふむ〟と考える仕草を見せ、黙り込んでしまった。

◆

『シェラタン・デザイア』地下十五階に存在するセーフティエリアまで、俺達は大きな問題なく進んだ。

途中、報告のあった『悪性変異《マリグナント》』と遭遇戦したが、チヨがあらかじめ発見してくれていたため、魔法による不意打ちであっさり討滅することができた。

ここで遭遇した『悪性変異《マリグナント》』の個体というのは、おそらく城内で働いていた者達が魔王の放つ瘴気《ミアズマ》汚染によって変異したものなのだろうと推察される。

「それにしては個体数が少ねぇな」

城に何度か足を運んだことがあるエインズにしてみれば、人数が合わないのが気になるらしい。

「汚染に遭《あ》った者のほとんどは、瘴気《ミアズマ》に耐えられません。あるいは、例の結晶体を取り込んだ者は、生きながらえて〝歪化《わいか》〟するでしょうが……」

ビジリの言葉に、ナーシェリアとヴィーチャが静かに怒る。

「なんてことを……ッ」

「ああ。リカルドめ、愛すべき民をなんだと思っているのだ……！」

王族としての、場をわきまえた怒り方だが、嫌いではない。

逆に俺はというと、冷たいもので、王都に住む人間の何パーセントがどのくらいの深度で〝歪化〟したのか――など、人でなしなことを考えていた。

客観的に見ると、どうやら俺も賢人としての異常性に染まってきたのかもしれない。

「階段までのルートを確保して参りました。敵影なし」

先行警戒に出ていたチヨの報告を受けて、俺達は探索を再開する。

ビジリの記憶を頼りに、迷うことなく地下への階段へ到着した俺達は、次の階層、次の階層へと確実に進んでいく。

普段のダンジョン攻略とは違って作業のようだが……この際、四の五の言ってはいられない。

地下へ進むごとに悪寒が増していくのを感じながら、時折遭遇する『悪性変異《マリグナント》』を屠《ほふ》って進む。

そして、地下二十階層へと到達した俺達は長い休憩《ロングキャンプ》ができる場所へと、辿り着いていた。

時間の感覚は曖昧だが、そう時間はかかっていないはずだ。

しかし、俺達には休息と、この先のことを相談する時間も必要だった。

「食料事情は心配しないでくれたまえ。かなり持ち込んでいるからな」

最新式の魔石コンロやらベーコンの塊を取り出して、ヴィーチャが得意げに笑う。

誰もが空元気《からげんき》だと気が付いているが、かつてミレニア救出に潜った俺よりも、ずっと余裕がありそうで少し安心した。彼には、ちゃんと状況を見据える胆力《たんりょく》が備わっている。

「む……これは……『バーレイ豚の黄金ベーコン』では……!?」

一方レンジュウロウは、広げられた食材に目を光らせている。

「さすが、賢人は目の付け所が違う！　今年の初物だぞ。それに……これもある」

そう言って、ヴィーチャが腰に提《さ》げた魔法の鞄《マジックバッグ》から取り出したのは、小さな樽《たる》だった。

「これもバーレイのものだ」

「『バーレイの黒麦酒《エール》』じゃと!?　王子殿下はダンジョンをなんだと思っておるんじゃ」

レンジュウロウは目つきを鋭くするが、そのくせ尻尾が嬉しげにせわしなく動いている。それを目ざとく見つけたチヨが、小さく彼の袖を摘まみながら苦言を呈《てい》す。

「レンジュウロウ様。お控えくださいませ。不敬ですし、ダンジョンでお酒などご法度ですよ」

「わかっておる……わかっておるとも」

レンジュウロウの声が徐々に小さくなる。あれらはグルメな彼にとっては目と鼻の毒だろう。

仕方ない。手持ちもあるし、出しておこう。

「レンジュウロウさん。これ、どうぞ」

「ん？　なんじゃ、アストル」

「『酔い覚ましの魔法薬《ポーション》』です」

チヨがちらりと咎《とが》めるような視線を向けてくるが、『バーレイの黒麦酒《エール》』と聞けば、俺にも気持ちはわかる。

しかも、王子が持っているあれは☆が五つ刻まれている……最高級品だ。

「奥方殿、すまない！　本当は、ダンジョンに入る前に最期の酒として開けるつもりだったのだ。だが、君達が合流してくれたので、つい出しそびれていた。景気づけに、ここで開けてしまいたい」

奥方と呼ばれたチヨは、少しばかり顔を赤くして〝仕方ありませんね〟と、レンジュウロウに頷く。なんだかんだ言って、結局甘いのだ。

「じゃあ、アストルもあれ出したら？」

酒盛りをする流れと見て、ミントが俺に耳打ちした。

「『バーレイの黒麦酒《エール》』があるのにか？」

「飲み比べたらいいじゃない。『酔い覚ましの魔法薬《ポーション》』があるなら、アタシも欲しいわ」

そう言われて、俺は仕方なく自分の魔法の鞄《マジックバッグ》をまさぐる。

そして、目当ての物を引っ張り出して……床に置く。

それを見て、今度はエインズが目を剥いた。

「アストル、お前《め》え……これは」

「ドアルテのアジトから一本拝借してきました。『グランブルー』の十年ものです」

『グランブルー』は海賊界隈《かいぞくかいわい》でしか流通しない特殊な酒である。

というのも、海賊の集会が行われる伝説の島――スカルコーラルでしか製造されておらず、その製法は秘匿《ひとく》されているからだ。

ごくごく少量が、闇ルートでしか出回らない、伝説とも言える酒である。

「こっちは祝杯用なんですけどね。でも、開けてしまいましょう」

「さすがに私もこれは……初めてだな。さすが〝魔導師《マギ》〟は違う」

ヴィーチャが何やら方向性の違った驚き方をしている。

「もう、アストル。しょうがない、ね」

苦笑したユユがが、杖を振りながら詠唱を始める。それに呼応して『結界杭』を中心に〈聖域《サンクチュアリ》〉の魔法が広がった。

〝白師〟からもらった魔導書に記されていた魔法で、〈小さな祝福《リトルブレス》〉と同じくユユだけが使える魔法だ。

非常に強固に地脈《レイライン》と紐づくので、俺が使用する〈結界《シール・エリア》〉よりもずっと強力な効果を継続的に維持できる。

「ユユ殿の魔法も見事なものですな。されど……アストル殿。先ほどの戦闘で魔法を連続して使用していたように見受けるが？」

「私にもそう見えた。一体どういうことなのだろう？」

〝英雄〟と第一王子が、まだ酒も入っていないのに俺に絡んでくる。

どうしたものかと苦笑していると、ユユが微笑みながら久しぶりのあの言葉を告げた。

「アストルは、すごいんだから」

◆

充分な休息と栄養をとった俺達の足取りはいくぶん軽くなり、階層をどんどん下っていた。

『エルメリア王の迷宮《ダンジョン》』の同じように、『迷路《メイズ》』区画もあったものの、大きな障害にはならなかった。

ダンジョンの二大脅威である魔物《モンスター》と罠がほとんど消失している上に、『悪性変異《マリグナント》』はダンジョンにとって異物と判断されるらしく、『迷路《メイズ》』区画では遭遇しなかった。

そして、現在の位置は地下二十五階。

俺達は二度目の長い休憩《ロングキャンプ》で状況確認をしている。

いつの間にか、潜った階層の最深層を更新してしまった。

『エルメリア王の迷宮《ダンジョン》』の下層へ、落とし穴《シューター》で下りていったのを懐かしく感じる。

ビジリの案内があり、不活性状態のダンジョンなので誇れるような話ではないが……徐々に強くなる圧迫感が、下層に向かっていることを否応なしに自覚させる。

「順調ですね……ここからが正念場ですが」

人間姿のビジリが、湯気の立つカップに口をつけた。

ここまで、ビジリは二回本来の姿で戦闘を行っているが、その力はすさまじいの一言だ。

遭遇した『悪性変異《マリグナント》』が、ことごとく塩の柱へと姿を変えて殲滅されるのを目の当たりにして、彼が敵でなかったことに心底安堵《あんど》した。

「呪縛区域、ですか。『呪縛』の深度は？」

「かなり強いものらしいです。私にはわからないのですが」

この世界のルール外にある者——レオン、ナナシ、ビジリは『呪縛』がどれほど強かろうがその影響を受けない。

初代エルメリア王と共に戦った勇者も、そうであったらしい。

それ故に、勇者と初代王はこの『シェラタン・デザイア』を攻略し、〝魔王〟たる『淘汰』を退ける力を得たのだ。

「王族も、影響はないでしょう。ヴィクトールとナーシェリア王女は制限を受けないはずです。王女殿下の〝叙勲〟の影響下にあるデフィムさんもね」

「アタシとチヨさん、レンは大きく影響を受けそうね……」

三人の☆はそれぞれ5と4。地上では能力的有利である存在係数《コスト》が、迷宮《ダンジョン》の奥底では足かせとなるのは、どういう理屈なのだろう。

「何、吾輩と魔王殿がいるし、主《マスター》はレムシリアンである故、影響はないはずだよ。……存在係数《コスト》を誤魔化す方法を教えようか？」

「そんなのがあるのか⁉」

ナナシがなんの気なしに言った言葉に、思わず驚きの声を上げてしまった。

「主《マスター》、君は研究が足りないね。奥方二人は主《マスター》と繋がり《リンク》を作ったらいい。群体の主たる権威者が主《マスター》であれば、ダンジョンを誤認させることは可能なはずだよ？」

そうか……！　学園都市《ウェルス》のダンジョン研究にも記載があったはずだ。

ダンジョンはパーティの存在係数《コスト》合計によって『呪縛』の深度を変えているという報告がある。

これはダンジョンが、パーティという群体を一個体として認識しているからではないかと推測されている。ダンジョンにとっては非常に存在係数《コスト》の高い——言うなれば、魔法親和性が極めて低い異物が進入してきたように感じられるわけだ。

ダンジョンの主たる『ダンジョンコア』は魔力《マナ》の結晶体であるが故に、そんなものを自分とその体内である迷宮に近づけるわけにはいかない。

そのすり合わせとして『呪縛』を作り出し、許容可能な存在係数《コスト》へ下げようとする作用なのではないだろうか、と研究論文は締めくくられていた。

で、あれば……『ダンジョンコア』が認識する存在係数《コスト》を下げればいい。

〝繋がり《リンク》〟を形成してしまえば、個体としての認識はより困難になり、結果として魔力親和性の高い☆1の俺のみが、認識されるはずだ。

「じゃあ、レンジュウロウさんとチヨさんも……」

「あまり複数の〝繋がり《リンク》〟を維持するのはお勧めできないね。それに、この二人は気《オーラ》が使えるのだから、それで誤魔化しておけばいいんだよ」

「ふむ……？　気《オーラ》で誤魔化せるものなのかの？」

首を捻るレンジュウロウに、ナナシが補足する。

「ダンジョンは単純に魔力親和性を感知しているだけだからね。魔力《マナ》に近い性質の気《オーラ》を纏っていれば、簡単に誤魔化せるとも」

かたかたと頭蓋を鳴らしてナナシが愉快そうに笑う。

元からそういうきらいはあったが、知識を披露《ひろう》するのは彼にとってひどく楽しいことであるらしい。もしかすると、知恵を授けるタイプの悪魔なのかもしれない。

古今東西、悪魔から知恵を授かって大成した召喚者は数多くいる。

……だいたいが酷《ひど》い死に方をしているようなので、俺も気を付けないといけないが。

「小生は、うぐぐ」

「オレもどうすっかな……」

名前が挙がらなかったグランツとエインズが小さく唸る。

「君達は我々の力で誤魔化すとしよう。なに、お互い一人ずつくらいならなんとかなるだろう？

魔王イアス」

「ええ、そうしましょう。では、皆さん眠ってください。見張りは私とナナシ殿でやりますので」

いつの間にかすっかり寝床の準備を整えてくれたビジリが、俺達を促す。

相変わらずの用意周到さは、魔王イアスではなく優しい行商人ビジリだと思えた。

「吾輩も眠りたいのだが」

「ずいぶんと人間らしいことをおっしゃる」

「人間をやっていた魔王殿ほどではないよ」

小さな舌戦を横目に見ながら、俺はおなじみの大きな寝袋に体を滑り込ませる。

当然のように姉妹が入ってくるのも、もう慣れてしまった。むしろ、眠りの浅い俺はこの二人に挟まれているとよく眠れる。

「寝坊、しないようにね、アストル」

「その時は起こしてくれ」

「アタシも」

そんなやり取りをしてから、あっという間に俺は意識を遠ざけていった。

◆

あまりにも早く眠りに落ちたことに自分でもいささか驚いたが……ふわふわとした浮遊感の中、それが誘われたものだとすぐに理解した。

魔法性質的空間《アストラル》へと、何者かが俺の意識を引き寄せようとしている。

リカルド王子には夢を操る力があると聞いたが、それだろうか?

警戒していると、滲んだ景色が徐々にはっきりしてきた。

「ここは……？」

いつの間にか、どこか懐かしさを感じる草原の中央に立っていることに気付いた。

少し先には丸テーブルが一つ。広がる青空の下、テーブルクロスがそよ風に吹かれて揺れている。

なるほど、招かれたというわけだ。

相手がなんであれ、こうも術中に落ちてしまえば、俺に拒否権はない。

ゆっくりとテーブルに近づくと、座っている人物が俺にふわりと笑いかけた。

「や、こんにちは。まっていたよ」

長く伸びた黒髪に、とび色の瞳。少し丸顔で中性的な顔立ち。

……ビジリが言っていた通りだ。

自分で言うのもなんだが、彼はどことなく俺に似ているような印象を受けた。

「アル……さん、ですか？」

「イアスからもうきいていたんだね。そう、ぼくが『アル』だ」

意識状態の問題だろうか、少しばかり声が幼げで、平坦に聞こえる。

それでも目の前の彼《アル》は優しそうに微笑んで、俺に椅子を勧めてくる。

会釈して促されるまま腰かけると、いつの間にか目の前に湯気を上げるカップが出現していた。

不思議な出来事だが、初めてのことではない。

この場所はおそらく、地脈《レイライン》や次元間などの高密度な魔力《マナ》によって形成される、夢に似た精神空間なのだろう。

「どうして俺をここに？」

「はなしがしたくて。コアになっているというのはどうにもヒマでね」

にこにこと笑う姿は、どことなくビジリに似ている。

もしかすると『絶望の魔王』は、アルを手本にしてビジリという姿を作り上げたのかもしれない。

「今、『シェラタン・コア』はどうなっていますか？」

「ぜっさんアクセスきょひちゅうだよ。ぼくがいなかったらとっくにシリクのヤツにのっとられているところさ」

やはり、今回の首謀者は封印されていた『苦しみの魔王《シリク》』であるらしい。

もしかすると、こういった危険性も見越して、目の前の〝魔導師《マギ》〟は『シェラタン・コア』と融合したのだろうか。

「まず、れんらくじこうをいくつか。きみたちのほかにダンジョンにすうにん、ヒトがいる。さんにんぐみのパーティだ」

その言葉に、胸が高鳴る。

母さん達だ……！

「シリクにのっとられたおうじも、ぼくのほんたいにむかっている。きみたちのほうがすこしせんこうしているけどね」

「良かった。このままいけば、あなたを守れそうだ」

「ごへいがあるね？　まもらないといけないのはぼくじゃなくて『シェラタン・コア』だろう？

どちらにせよ、シリクにアクセスをうけているから、アイツをなんとかしないと、なにもてつだってあげられない。なさけないことに、ぼうせんいっぽうなんだよね」

「……！」

予定していたプランの一つがここで頓挫《とんざ》した。『シェラタン・コア』の力を使って魔王シリクの完全復活を阻止するのは、事実上不可能となったのだ。

「そのかわりってわけじゃないけど、シリクがコアのちからでふっかつをとげることもないよ。イアスがついてるんだ、そのあたりはうまくやってもらおう」

「ビジリ……イアスさんから、あなたの話を聞きました。何故……コアに？」

「ぼくのじだいでおわるはずだったせかいを、つなぐために」

「……終わる？」

「そう、おわるはずだったんだよ。このじだいのヒトが『とうた』のことをどうかんがえてるかはしらないけど、『とうた』っていうのはせかいのリセットげんしょうだ。ふくごうじげんのきんこうをたもつためのものなんだよ」

複合次元。

記憶の奥底から、水泡のようにそれの意味が湧き上がってきた。

『E.E.L.』からもたらされた知識のほとんどは忘れてしまっているが、キーワードをきっかけに、記憶の表層に上がってくることがある。

そうだ、この世界は複数ある次元の内にある、一つの次元の一つの世界に過ぎないと言っていた。

絶妙なバランスで保たれ、多くても少なくとも、重くても軽くても、白くても黒くてもいけない。

——全ては均衡《バランス》が重要なのだ。

「レムシリアはなんどとなく『とうた』をこえてきた。ぼくのじだいにこのせかいをおわらせたくなくて……そうしたら、ふつうのほうほうではいけなかったんだ」

アルは寂しそうに、作られた草原と青空を見やる。

きっとこれはかつて彼が見ていた風景で、守りたかった世界なのだろう。

「キミは、どうする？　〝マギ〟をつぐキミは？」

「俺は……あなたのように決断できないかもしれません」

「なぜ？」

「帰るべき理由と、待っている人がいるので。……それに、もう無茶しないって約束したんですよ」

「すべてがぎせいになるかもしれないよ？」

穏やかな口調でアルが問いかけてくる。

それは脅《おど》しの言葉のように聞こえるが、単なる確認にも聞こえた。

「そうかもしれません。だけど、もともと俺は地方都市のギルドに詰めていた、しがない☆1の治癒魔法使いにすぎません。世界を救うなんておこがましい台詞は言えやしませんよ。できることなんてたかが知れています。ましてや英雄にも、勇者にもなれやしません……せいぜいが名ばかりの〝魔導師《マギ》〟や賢人を名乗るのが精一杯です」

「……どうしよう、きみがしょうきなのがわかるぶんだけ、なんといったらいいかわからないよ。このじだいのマギはユニークだね」

伝説の〝魔導師《マギ》〟を困らせてしまったようだ。

「よく言われます。俺は俺にできることしかできません。力が及ばないなら、他の優秀なみんなに力を貸してもらいますよ。……今までだって、そうだったんです」

「ふふ、ぼくとちがってキミならうまくやるかもね？　なにせぼくは、かのじょいないれきにせんねんをこえるから……きみみたいにみれんをもたなかった。せかいのためにこのみをささげることにまったくこうかいがなかったからね」

冗談かどうかわからないことを言って、くすりとアルは笑う。

「なら、ぼくはキミのちからになろうかな。きっとキミにならら……」

何かを言いかけたアルが、言葉を止めて中空を見やる。

「シリクがうごきだした……いそいだほうがいい。さすがにぶつりてきにせっしょくされたら、ぼくでもおさえられないかのうせいがある。あしどめはするけど。きみたちにけっせんじょうをよういするよ。ちかさんじゅっかいだ。そこで……シリクを……と……」

景色が滲んで、浮遊感が強くなる。

意識が回転するように捻じれて……俺は、現実世界に浮上した。

◆

「おはようございます。よく眠れましたか？」

目覚めた俺が最初に耳にしたのは、ビジリの声だった。

「ビジリさん……アルさんに、会いました」

「そう、ですか。何か言ってましたか？」

夢での話を、かいつまんでビジリに話す。

これからの方針にも影響があるので、できるだけ詳しく。

「相変わらずですね、アルは。でも、アストル君を気に入ったようですね。……彼、興味のない人にはとことん不愛想なので」

「そうなんですか？」

「きっと、似た者同士だと思ったんでしょうね。アストル君に自分の先を見たのかもしれない」

「……どうでしょうか」

そんな風に思ってもらえたなら、光栄だ。

「それよりも、シリクが動き出したようです。アルさんが、地下三十階を決戦場にすると……」

「彼のことだ、きっと何か考えがあるに違いない。みんなを起こしましょう」

「ええ、総力戦になるかもしれません。……先だって到着できれば、戦略の幅を広げられます」

手持ちの魔法の巻物《マジックスクロール》と魔法道具《アーティファクト》を頭の中で整理して、どんな罠が張れるか計算する。

相手は魔王だ。どれだけ念を入れても、準備しすぎということはないだろう。

十数分後、キャンプの片づけを素早く終わらせた俺達は、決戦の三十階層へ向かってダンジョンを再び歩きはじめた。

◆

地下三十階は、通路二つに広々とした部屋一つという、まるで未形成層のようなシンプルな構成の階層だった。

ビジリの説明によると、ここはかつて『階層主』との戦闘が行われた場所であるらしい。

だが、今この場に魔物《モンスター》はおらず、足を踏み入れてくる者を待ち構えるのは逆に俺達冒険者というのは皮肉な話だが。

「来ます……！」

警戒を最大限にしていたチヨが、気配に気付いて向かいの通路に鋭い視線を投げる。

俺もそろそろだろうとは思っていた。

怖気《おぞけ》がするような気配が、こちらに徐々に近づいてきているのがずいぶん前から感じられていたからだ。

通路から姿を現したのは、豪奢《ごうしゃ》な服装を纏った金髪の若い男。意気揚々と……まるで散歩の最中といった様子で、こちらに向かって歩いてきていた。

その背後には『悪性変異《マリグナント》』が数体、付き従っている。

人型にかなり近い……おそらく黒い結晶を使って〝歪化〟したモノ達だろう。

「リカルド……ッ！」

ヴィーチャが絞り出すような声を発する。

「大勢での出迎え、ご苦労！　僕はその先に用がある、伏して道を開けよ」

「リカルド！　まだ心が残っているなら、ここで止まりなさい！」

ナーシェの声にその首をぐるりと動かして……リカルドが凄惨な笑みを浮かべる。

この瞬間に、全員が理解した。もう彼が人間でないことを。

「夢に堕ちていればよかったものを……あの豚になぶられるお前を見るのが楽しかったというのに」

にやにやとした口元から紡がれる言葉を聞いて、ようやく腑《ふ》に落《お》ちた。

ナーシェリアが夢に捕らわれていたあの事件、やはり手を引いていたのはリカルドだったか。何かしらのスキルを使い、例の豚司祭《マーガナス》がナーシェの夢に入る手助けをしたのだろう。

「僕は王になるんだ。全てを支配して正しく導くんだ」

「痴《し》れ者《もの》め！　お前に任せていたら、国が滅びる！」

「ヴィクトール！　お前はいつもそうやって上から目線で……！　だから僕は……僕達は……世界を正しく破滅に導く」

支離滅裂《しりめつれつ》な言動のリカルドだったが、突然言葉を止め――その表情が無になる。

そして、先程までとは違う、地の底から響くような声が彼の口から発せられた。

「久しいな、イアス」

呼びかけられたビジリが、悲哀の滲む声で応える。

「シリク。もう君とは会いたくはなかったのですけどね」

「ほざけ、この裏切り者め！」

吼《ほ》えるように激昂《げきこう》したリカルドの肌が、黒く染まっていく。

瞳は白く濁って虹彩《こうさい》を失い、体は膨張して筋肉質に変容し、全身から〝瘴気《ミアズマ》〟の気配を発するその姿は『悪性変異《マリグナント》』に似ていた。

「リカルド……！」

「この世界の全てを滅ぼして、我が世界の仇をとる！　肥大した罪深きレムシリアを、今度こそ次元から消し去ってくれる」

「シリク！　それはレムシリアを滅ぼす理由にならないと言ったはずでしょう！　我らの世界は『淘汰』された！　それだけなんです！」

叫ぶように応えながら、ビジリの姿が影を纏った本来の姿に変化していく。

「情けない姿になったものだ、イアス。もはや勇者としての力も失ったのだろう」

「この世界にはこの世界の勇者がいます。敗《ま》けた勇者など……もう、必要ありませんよ！」

二人の魔王の咆哮じみた魔力《マナ》放出がぶつかり合い、空間を震わせる。

それを合図にしたのか、おとなしくしていた『悪性変異《マリグナント》』達が一斉に動き出した。

「来るぞ！　エインズ、頼む！」

「あいよ！　Aチーム、出るぞ！」

先行して前に一歩踏み出すエインズに、幅広剣《ブロードソード》を抜いたヴィーチャが並んだ。

その動きに呼応して、『水乙女の細剣《ヴァラシオン》』を抜いたナーシェリアも一歩前に出る。

「兄弟の不始末だ、ここは踏ん張らせてもらうよ」

「ええ、お任せください。一体たりとも抜かせはしません」

そう、これは防衛戦だ。

王族であるリカルドの体を有する魔王シリクが『シェラタン・コア』に到達すれば、その力にアクセスされてしまう可能性がある。そうでなくとも、相手は魔王。なんらかの方法で『シェラタン・コア』を〝瘴気《ミアズマ》〟で汚染するかもしれない。

今や迷宮主《ダンジョンマスター》となったアルもきっとそれを見越して……この場所を指定したに違いない。

本来地下三十階《ここ》は、『階層主』が侵入者たる冒険者を食い止める防衛の要《かなめ》なのだ。

ここが最も防衛戦に適した場所だという判断だろう。

「シィーシイシャーッ……！」

迫る『悪性変異《マリグナント》』は八体。

その内の一体は、いささか見覚えのある近衛騎士《このえきし》の鎧をいまだその体に貼り付けていた。

「モノジゴ団長……っ」

かつての上司の面影に、デフィムが顔をしかめる。人を媒体として『悪性変異《マリグナント》』が作られる以上、その材料が王宮の人間達であろうことは容易に想像がつく。

ヴィーチャやナーシェ、それにデフィムにとっては普段の生活でよく顔を見ていた人間が、素体となっている可能性は排除できない。

「デフィム・マーキンヤー！　集中なさい！　お前は誰の騎士か!?」

「ハッ！　ナーシェリア王女殿下であります！」

ナーシェの問いかけに、デフィムの顔が引き締まる。

同時に、彼の体を強い力が覆うのがわかった。そして、それは俺も同じだ。

一時的なものとはいえ、俺もナーシェの騎士として影響を受けるらしい。

「アストル、ワシは予定通りに【必殺剣】を構える。アレを断つのは少々骨が折れそうじゃ」

柄に手をかけたまま戦場を見据えるレンジュウロウに、俺は小さく頷く。

「『悪性変異《マリグナント》』は任せてください。レンジュウロウさんにしか、任せられないことなので。チヨさん、ここをお願いします」

「はい。お任せを」

レンジュウロウのそばには臨戦態勢のチヨがいるので、もし彼が襲われても、俺達がカバーに入るまでの時間は稼げるはずだ。

クレアトリの杖と魔法の小剣《オーティア》を二刀流にして構える俺の隣に、『白雪の君《サーメッティア》』を肩に担いだミントが並ぶ。

「いくわよ、アストル！」

「ああ。久しぶりのダンスの時間だ。思いっきりやろう」

これだけ広ければ、味方誤射《フレンドリーファイア》の危険は薄まるし……ミントのサポートも容易い。

発動待機《ストック》しておいた〈心象共有《シェアマインド》〉と〈安らぎ《ピースフルマインド》〉を使用して、今にも飛び出しそうなミントのタイミングを窺う。

「さぁ、パーティーの時間よ……！」

迫る『悪性変異《マリグナント》』に、瞳を赤く輝かせたミントが凶暴な笑みを浮かべた。

直後——飛び出したミントと共に、フロアを駆ける。

俺達の狙いは、とにかく『悪性変異《マリグナント》』を制圧することだ。

魔王シリクとなっているリカルドに関しては、ビジリと……勇者たるレオンに任せるというのが当初の作戦なので、俺達は遊撃に回って『悪性変異《マリグナント》』を足止めか、殲滅する。

何もかもを断ってくれるレンジュウロウの【必殺剣】か、『伝承魔法』影響下によるレオンの討伐……どちらかが成されればよい、というのが俺達の総意だった。

それ故に、俺とミントが広域遊撃、そのサポートにユユ。

討ち漏らしの迎撃にはグランゾル子爵、ヴィーチャ、エインズ。

魔王に相対するレオンのサポートにデフィムとナーシェという布陣だ。

レンジュウロウはチヨが守ってくれるし、いざとなれば遊撃でサポートする。

神すら半ば斬り捨てたレンジュウロウの必殺剣だ。あれならば、いまだ完全復活していない魔王シリクを、存在ごと断つことは可能だろう……という確信めいたものが俺にはあった。

「いあぁぁッ！」

【狂戦士化《ベルセルク》】を完全開放したミントが体ごとぶつかるようにして、『悪性変異《マリグナント》』の一体に肉薄する。

速度に対応できず、直撃を受けた『悪性変異《マリグナント》』が、ピンボールのように軽く跳ね飛ばされて、迷宮の壁に叩きつけられる。

強化をフルで付与されている上に、全力の【狂戦士化《ベルセルク》】だ。

あれに耐えられる生物は、それこそドラゴンくらいしかいないんじゃないだろうか。

「ミント、十時方向！　二体」

脅威と判断されたのか、『悪性変異《マリグナント》』二体が殺意を迸《ほとばし》らせながらこちらへと向かってくる。

「バラバラにしてやるわ！」

ミントが体を翻《ひるがえ》す。

……が、彼女が駆け出す前に、俺は発動待機《ストック》していた〈雷電の投槍《ライトニングジャベリン》〉を『悪性変異《マリグナント》』に向けて放つ。

当然、【反響魔法《エコラリア》】を使用して、両方にだ。

「シシャアア!?」

やはり仕留めるには至らなかったものの、足止めにはなった。衝撃でのけぞった『悪性変異《マリグナント》』に、純白の両手剣が一閃され、一体を横薙ぎに切り裂く。

『白雪の君《サーメッティア》』を再調整しておいたので、切れ味は相当に増している。

「キィシャアアアアッ！」

危機を感じ取ったか、残された一体が後方へ大きく跳躍し、口に黒い炎を溜める。

炎の息《ブレス》を吐くつもりだろうがが、そこも魔法の罠を仕込み済みだ。

床から迫り出《せだ》した鋭い槍が『悪性変異《マリグナント》』の体を突き破り、その動きを拘束する。

「これでも喰らってろ！」

ポーションホルダーから抜き取った魔法薬《ポーション》を、〈必中瓶《ポーションスロー》〉で放つ。

直撃を受けた『悪性変異《マリグナント》』は、白い炎に包まれ、灰のような残滓を残して消え去った。

あれは超採算度外視の『対悪性変異用魔法薬《たいマリグナントようポーション》』だ。

名前は付けていない。ただ、その効果から通称として『灰《アッシュ》』と呼ばれている。

瘴気《ミアズマ》汚染を除去するという研究のもと、副産物としてできた瘴気《ミアズマ》に異常反応する特殊な油と、魔法によって再現した『竜の炎』を込めた魔法薬だ。

奴らにとっては、最悪の劇薬だろう。

「あと五匹ッ！」

ミントが次の獲物を探して視線を巡らせる。

俺達の間を抜けて二体が走っていくのは見えたが、その先までは確認していない。

「ミント！　前方から二体だ！　まずはこっちを仕留めるぞ！　エインズ、ユユ！　後方のサポートを！」

「アストルとお姉ちゃんは？」

「なに、吾輩がいる」

ずるりと影が伸びあがって、ナナシが姿を現す。

「わかった。二人をお願いね、ナナシ」

「吾輩の仕込みは終わった。ここは任せたまえ」

ナナシに小さく頷いて、ユユが後方へと下がっていく。

そちらの方がむしろ安全だから、俺としても安心だ。

「使える『灰《アッシュ》』はまだ三本ある。動きさえ止めれば……！」

「動きを止めればいいのかね？　では、こうしよう」

ナナシがパチンと指を鳴らすと、前方から迫りくる『悪性変異《マリグナント》』二体の動きが急停止した。

よくよく目を凝《こ》らすと、魔力《マナ》で出来た半透明の鎖が二体をがんじがらめにしているのが見える。

「これは……？」

「いいかね、主《マスター》。魔法使いに……」

「……時間を与えてはいけない、だろ！」

手早く魔法で『灰《アッシュ》』を二連射して、二体を消滅させる。

魔法を使う者同士、俺達の思考は似ていたらしい。待ち構えるなら罠だらけにするというのは、俺達魔法使いにとって〝おもてなし〟みたいなものだ。

……違うか。

「さて、もう一体来るぞ。こちらは少々、手強そうだね」

のそのそと姿を現したのは、人型だが肥えすぎた巨体の気味の悪い姿をしたヤツだった。

「アー……アー……アッアッアフ！　アーンアアン！」

そいつは大剣を担ぎ構えたミントを視界に入れると、妙に上ずった声を出して興奮したように飛び上がった。

そのままボディプレスでもするかのように、カエルよろしく彼女の上に落下してくる。

「叩き斬るッ！」

「よせ、ミント！　後退だ！」

俺の声に反応して、バックステップで下がるミント。

【狂戦士化《ベルセルク》】状態でもある程度の自制が利くのは、彼女の修業の賜物《たまもの》だ。

ズシンとベチャリ、二つの音を響かせて巨体の『悪性変異《マリグナント》』が落下する。

その状態から長い舌を出して舌なめずりをしたそいつは、明らかにねちっこい視線をミントに向けていた。

「気味が悪いヤツだ……。気を付けて対処するぞ、ミント」

「うぇ、なんかコイツ、苦手な感じ……」

そう、明らかにこれまでの『悪性変異《マリグナント》』とは動きが違っている。

しかし、その正体はすぐに明らかになった。ヴィーチャがその名を呼んだからだ。

「……リッチモンド……！　お前もか！」

リッチモンド第三王子――前バーグナー伯爵が推していた王子であり、ミレニアの許嫁《いいなずけ》になるかもしれなかった男だ。

醜悪《しゅうあく》な見かけをしているものの、この『悪性変異《マリグナント》』はどちらかというと人としての面影を残している。

「これが第三王子？　もう手遅れだったのか……ッ」

ミントと共に充分に距離をとって、巨体の『悪性変異《マリグナント》』と相対する。

三体の『悪性変異《マリグナント》』に突破されたが、そもそも二人で完全に前線を維持できるとは思っていない。

状況は確認しきれていないが、エインズやグランゾル子爵が上手く抑えてくれているはずだ。

ちらりと窺うが、レンジュウロウはいまだ黙想《もくそう》の中。さすがに魔王を斬り捨てるには時間がかかるか。

で、あれば――このリッチモンド第三王子の成れの果ては、俺達でなんとかしなければならない。

「ふむ……なかなか醜悪な本能を溢れさせているね」

ナナシが第三王子だった『悪性変異《マリグナント》』をまじまじと見ながら、顎に手をやる。

「本能？」

「言っただろう？　瘴気《ミアズマ》を浴びれば、そのネガティブな本性が増幅されると」

確かにそう聞いた気がするが……目の前の『悪性変異《マリグナント》』は一体どんな本性を顕在化させているというのか。

「あれは繁殖欲だな。性欲というやつだよ。主《マスター》にもそこそこ備わっているものだが、アレはいささか肥大が過ぎているな」

そういえば、第三王子の好色は有名だ。つまり、市井の者の耳に入るほどに、女性関連のスキャンダルがあったということだ。

「しかも、王族。瘴気《ミアズマ》を浴びたところで完全に『悪性変異《マリグナント》』になりきらず、半端な状態で変異しているんだろう。ああ、しかし……悪魔である吾輩ですら醜悪と表現せざるを得ないな、アレは」

立ち上がった巨体の『悪性変異《マリグナント》』がこちら……正確にはミント目指して前進を開始する。

「上等よ！　叩き斬ってやるわ！」

「少し【狂戦士化《ベルセルク》】を調整して冷静になってくれ。何か特殊な力を持っているかもしれない」

『悪性変異《マリグナント》』である以上、何かしらの異常性や特異性があってもおかしくない。特にアレは、王族の変異体で、明確な嗜好を持っており、獣性や狂暴性が強化されているだけの他の個体とは異なる可能性がある。

「牽制で足を止める。ミント、少しクールダウンだ」

「わかった、ガードに入るわ」

ミントの目から紅い光が薄れて、俺に流れ込んでいたピリピリとした破壊衝動が消えていく。

「さて、どうするか」

先ほどの跳躍を見る限り、鈍重《どんじゅう》そうな外見のわりに敏捷性は高そうだ。

考えながら無詠唱可能な攻撃魔法をいくつか紡いで放つが、その効果は驚くほど薄い。

「案の定……王族の端くれとして『シェラタン・コア』の加護を受けているようだね」

「もう『悪性変異《マリグナント》』になっているのにか？」

ナナシの指摘に、思わず舌打ちする。王族には各種魔法が通じにくくなるように強力な防護能力がコアからもたらされているというのはビジリから聞いていたが、まさかこれほどとは。

「血に対しての盟約だろう。個別設定もできないような大雑把《おおざっぱ》なものじゃないかな」

物理現象を引き起こすタイプの魔法である〈石槍の壁《ロックスパイクウォール》〉を使用して足止めするが……体も相当丈夫らしく、強引に突破してきている。

「ナナシ、何か手は？」

「ああいう単純な手合いが一番厄介だよ。少しばかり精神が残っているようだから、そちらから攻めるのはどうかね」

そう告げてナナシが指を一振りすると、王子の『悪性変異《マリグナント》』が一瞬ぐらついた。しかし、すぐに持ち直して、こちらへの進行を再開する。

「意識を吹き飛ばすつもりでやったんだけどな……失敗だ」

「精神も、削ってやれるほどは残ってないってことか……！」

つまりアレは今、本能だけで動いている。肥大した体から感じられるのは、性欲と食欲。犯して食う……なんとも原始的で動物的な思考しか残していないらしい。

「悪いが、お前のような奴にミントを譲る気はないぞ……ッ！」

ポーションホルダーに挿してある最後の『灰《アッシュ》』を抜いて、睨みつける。

「では、隙をつくってやろうか」

ナナシが指を数度振ると、先ほどの鎖に加え重力魔法らしきものが『悪性変異《マリグナント》』を絡めとる。それでもヤツは緩慢《かんまん》に進んでくるが、的としては容易い。

「〈必中瓶《ポーションスロー》〉」

魔法によって射出された『灰《アッシュ》』は、狙《ねら》い違《たが》わず巨体の『悪性変異《マリグナント》』に命中し、その薬液を爆《は》ぜさせる。

「アーーーーッ！　アーーーーーッ！」

『悪性変異《マリグナント》』は苦しみに体をよじりながら絶叫するものの、一向に崩れ去る気配がない。崩れ去る端から、再生しているのが遠目にわかった。

「く、完全に『悪性変異《マリグナント》』になっていないってことが問題なのか……？」

「そのようだ。さて、どうするかね。そろそろ罠による足止めも切れてしまうよ」

少しばかり焦りながら、考えを巡らせる。ここで時間をかけすぎるわけにはいかない。

「なら延長だ。確実に仕留める……ッ！」

「よろしい。でも急いでくれたまえよ」

ナナシが追加で何やら詠唱すると、鎖が二本、三本と追加されていく。

一見、簡単にやっているように見えるが、ナナシと繋がっている俺にはあれが相当高度な魔法だと理解できる。仕込むのにかなり手間をかけたのだろうことは想像に難くない。

「ミント、Bチームのサポートに回ってくれ。俺はあれを仕留めてから行く」

「一人で!?　無茶よ！」

「これから少しばかり危ない魔法を使うし……アレにミントを近づけたくないんだよ」

「アストル……」

本音とジョークを半々で……いや、全部本気だ。

どうにも俺は、余裕のない男らしい。

「うん、わかった。でも、すぐに来てよね。無茶はしないでよ?」

「ああ。すぐに迎えに行く」

軽く頭を撫でて頷くと、ミントが小さく息を吐き出して後方へと下がる。

彼女が走り去る姿を見てか、『悪性変異《マリグナント》』がさらに叫び声を上げた。

「そういう目で、ミントを見ないでもらおうか……!」

ざわつく心を静め、息を整える。

体に気《オーラ》を、そして魔力《マナ》を静かに巡らせていく。

そして、俺は久しぶりとなる禁断の魔法の詠唱を始めた。

「——*Serĉu morton*(死を求めよ)」

詠唱と共に加速していく体内の気《オーラ》と魔力《マナ》をコントロールしながら、魔法式を完成させていく。

あれ以来、イメージトレーニングは何度もしたし、魔法式の改良も行なってきた。

なんなら、こっそりと実際に詠唱もしてみた。今の俺なら、前よりもっと上手く使えるはずだ。

円環と、そして昇華する螺旋をイメージして、体内の魔力《マナ》を詠唱に乗せていく。

「*Mi, superbatante ĉiujn batalojn,*(我、全ての戦場を蹂躙《じゅうりん》し)」

詠唱する俺の隣でナナシが魔法式構築を補助しているのがわかった。

リッチモンドを抑えながら、よくもそんな器用な真似を。だが、おかげで俺は魔法式の構築と気《オーラ》のコントロールに集中することができる。

「*Detruu ĉiujn kampojn de batalo,*（全ての戦場を打ち砕き）」

すでに周囲には俺の魔力《マナ》が渦巻いており、魔法式に取り込まれて現象へ収束する瞬間を待っている。

ナナシのおかげで、魔法式の構築に必要な魔力《マナ》の消耗を抑制できたため、理力《オド》の消費はほとんどない。そもそも、理力《オド》を削って使わないといけないほど魔力《マナ》の消耗が重たいという点で、魔法としては不完全なものであるのだが。

「*Mi manĝos ĉiujn*（そのことごとくを貪る者なり）」

詠唱の完了と共に、完成した多重崩壊型魔法式が、自身の破壊と再構成を繰り返しながら、一つの結果に向かって魔法を起動する。

強烈な魔力《マナ》の波動と共にうっすらと広がった蒼い輝きは徐々にまとまり、収束し、その蒼さを増す。

……やがて、俺の手に収まった時には、深海の如く暗い輝きを宿す握り拳ほどの球体へとその姿を変貌させていた。

「――〈深淵の虚空《エイビスホロウ》〉ッ！」

俺の意思を感じ取ったのだろうか、それは音もなく、そして目で追えない速度でリッチモンドに飛翔し……ぱっと開くように巨大化した。

「ア……ッ」

リッチモンドを呑み込んだその球体は、無数の小さな輝きを内包する真っ暗な空間が広がっているように見える。

次元の裂け目……時空の先、どこでもない場所。あれはそこに繋がっているのだ。

「――光と散れ」

最後のキーワードと共に魔法式が崩壊し、青い光を散らせて〈深淵の虚空《エイビスホロウ》〉の球体が消滅する。

そこには削り取られた迷宮の床が残されるのみで、リットモンドの姿はすっかり消え失せていた。

「いやはや見事な魔法だね……これだけ『虚無』をコントロールした魔法は吾輩も見たことがない」

「お褒めにあずかり光栄だが……俺の魔法にひと手間加えたな？」

以前使った〈深淵の虚空《エイビスホロウ》〉は、もっと粗削りな効果だった。

対象を次元の綻びに接触させて、無理矢理圧縮消滅させる魔法だったのに、今回は空間ごと削られている。床は掬い取り器《ディッシャー》で掬《すく》ったように滑らかに丸く削り取られ、魔法の消滅時には風も感じた。

おそらく、空間そのものを次元の綻びと置換するような魔法になってしまっているのだろう。

「そう目くじらを立てることもあるまい。主《マスター》が本来的に求めた魔法効果はあれだろう？」

「……そうだけど、悔しいじゃないか」

「魔法に関してはまだまだ吾輩も捨てたものじゃないね」

リッチモンドを拘束しつつ、魔法詠唱を補助し、なおかつ魔法式にまでイタズラするなんて、この悪魔は相当な魔法上手だ。これは素直に負けを認めるべきだろう。

「まあいい。援護に向かおう」

「大丈夫なのかね？　君、相当消耗しているはずだけど」

「ぐ……」

振り向いたところで膝ががくりと折れる。

少量とはいえ理力《オド》を溶かしたし、当然魔力《マナ》も大量に消耗してしまった。

だが、これもある意味想定内だ。

ポーションホルダーから瓶を二本取り出すと、それを順番に喉へと流し込む。

自分で作っておいてなんだが……マズイ。

薬効優先で味など二の次だ、などと考えていた過去の自分を窘めてやりたい。

「よし……行くぞ」

「やれやれ、秘薬《エリキシル》を二本、一息に飲み干すなんて……中毒になってしまうよ？」

「五本までは大丈夫だ。自分で確かめたから正確だぞ」

『魔力の秘薬《エリキシルオブマナ》』は俺のような魔法使いにとっては、継戦の肝になる可能性もあった。なので、何本目で中毒症状が起こるかは、あらかじめ自分で飲んで確認しておいた。

ちなみに今回同時に飲んだのは、『理力の秘薬《エリキシルオブオド》』だ。欠損した理力《オド》を埋めるには少しばかり効果が弱いが、理力《オド》を溶かしたことによる体への反動を多少は抑えることができる。

今や主戦場となっている後方へと走りながら、静かに黙想するレンジュウロウへ確認を飛ばす。

「レンジュウロウさん！」

「いまだ至らず、じゃ！　さすがに『異貌の存在《イモータル》』を断つには時間が足りぬ」

わかってはいたが、やはり伝説の魔王ともなると、不完全でも一撃必殺は難しそうだ。

だが、戦況もそれほど悪くはない。むしろ優勢と言ってもいい。

最後の一押しとして、レンジュウロウの【必殺剣】が必要になることも考えての布陣だ。

「ナナシ、ミントのサポートを。俺はナーシェとデフィムの方に行く」

「了解した」

するりと姿を消すナナシを確認して、俺は『悪性変異《マリグナント》』——モノジゴの変異体だ——と戦うナーシェとデフィムのもとへ向かって走った。

本来なら魔王に相対しているレオンやビジリの援護に向かいたいところだが……レオンがナーシェを気にして集中力を散らせているようなので、先にこっちを処理してしまった方がいい。

「く……ッ！」

騎士盾を使って上手く捌《さば》いているが、デフィムには普段の精彩がない。

見知った人間の面影を残す『悪性変異《マリグナント》』と戦うのは、さぞ辛いだろう。

それは、『粘菌封鎖街道《ねんきんふうさかいどう》』で俺自身が経験したことでもある。

「デフィムさん、距離をとって！」

不意に届いた俺の声に反応して、デフィムが盾撃《シールドバッシュ》を加えてから背後に飛びすさった。

その瞬間、俺は発動待機《ストック》していた〈深淵の虚空《エイビスホロウ》〉を元モノジゴ近衛騎士隊長であった

『悪性変異《マリグナント》』へと放つ。

深蒼《しんそう》に輝く虚無は狙い違《たが》わず命中し、それをこの世界から消し去った。

「ナーシェはレオン達のそばでサポートを。デフィムさんはそのガードです」

「先生……！　はい、わかりました。守ってくれますね？　デフィム」

「命に代えましても」

俺の指示に頷いて、二人が最前線に駆けていく。

その先では、勇者《レオン》が伝説の魔王シリクと人外じみた戦いを繰り広げていた。

あの戦いに割って入るのは、少しばかり勇気がいる。

視線を転じると、グランゾル子爵とナナシのサポートを受けたミントが『悪性変異《マリグナント》』を相手に優勢で戦っていた。楽観できるほどではないが、問題ないだろう。

さて、俺はどう動くべきか。そう考えていたところに、ユユが駆け寄ってきた。

「アストル、なんか、変」

「どうした？」

不安げな表情のユユが小さく頭《かぶり》を振る。

「わかんないけど、上手くいきすぎてる……ううん、違う。乗せられてる、気がする」

「……乗せられている？」

「ええと、時間稼ぎ、されてるような気が、するの」

そう言われて、不安が足元から這い上がってくる。

確かに、おかしい点はいくつかある。いくら俺達が足止めをしたからといって、シリクはそれに合わせる必要はない。もっと大量の『悪性変異《マリグナント》』をけしかけて、悠々とここを突破することもできるはずだ。

「……ッ！　まさか！　ナナシ、シリクの魔力を確認してくれ！」

「もうやってるよ。上手く嵌《は》められたものだ……。見るといい、もう手遅れだ」

見つめる先、魔王シリクの周囲が滲むように歪んでいく。

強力な魔力の放射による空間の歪曲が起きているのだ。

「みんな、魔王から離れるんだ！　急げ！　防御態勢！」

俺の声が届いたか届かなかったか……どちらにせよ、回避は間に合わなかった。

充満した魔力が鋭く黒々とした衝撃波となって、周囲の一切を破壊した。

「ぐぅ……ッ！」

吹き飛ばされてきたレオンが、軽鎧をボロボロにされつつ俺の隣に背中から落ちた。

魔王本来の黒い姿となっていたビジリも、黒い煙を体から立ち上らせながら膝をついている。

「ナーシェ！」

悲痛な声でレオンが叫ぶ。

「姫は、無事だ……！　…………ぐ」

デフィムが、膝をついてなお盾を構え続けている。

その背後に、自らの主《ナーシェリア》を守りながら。

「ククク……ハハハハ！　これはいい！　これがコアの力か……！」

高笑いを上げるその姿は、もはや完全にリカルド王子ではなかった。どちらかといえば、ビジリに近い。四つの瞳が爛々と光る獅子《しし》に似た頭部、筋骨隆々《きんこつりゅうりゅう》の肉体、そしてそれを支える太い四本の下肢がある獣の胴部。ケンタウロスのような……とでも表現すればいいのだろうか。いずれにせよ、レムシリアには存在しない姿の生き物の姿だ。

「畏《おそ》れよ。罪深きレムシリアの者どもよ。我こそが貴様らに終焉《しゅうえん》を知らせる者である」

怒声のような重く響く声が、室内に木霊する。

「どうして……！　『シェラタン・コア』には接触させていないはずなのに」

「愚かなことだ、イアス。この地の王に少しばかり細工をさせてもらったまでのこと」

驚きを隠せないビジリを見て、高笑いするシリク。

束の間の睨み合いの中、ナーシェリアの悲痛な声が響く。

「デフィム、しっかり。お前は我が騎士なのでしょう⁉」

だが、それに応えるデフィムの声はひどく弱々しいものだった。

「我が君……私が真に騎士と言えたのは、あなた様に……仕えることができた、実に短い間……でした」

「デフィム……やめなさい、デフィム・マーキンヤー」

「それでも、良い……命の使い方、だったと、満足しております……」

盾で、そして体そのもので魔王の魔力放出を遮ったデフィムの体が、理力《オド》を散らしていくのがわかる。

彼はその視線をナーシェの先、俺の隣で立つレオンに向けて……血を吐きながらも口を動かす。

「レオン……ッ！」

「デフィム、待てよ！　逝くな！」

「業腹《ごうはら》だが……、後を、頼む。ナーシェリア様を……」

そこまでだった。

最後の言葉を締めくくることなく、守護騎士は神々の御座《ござ》へと逝ってしまった。

支えを失った大盾が、がらんと音を立てて、床に倒れる。

その様を見ていた魔王シリクが、口角を持ち上げて嗤う。

「愚かな。そして矮小《わいしょう》な……。無駄なことだ。誰一人生きては帰さぬ」

「あなたというヤツは……！」

「完全となった我に貴様は無力だ、イアス。その権能を捨てし、かつての同胞よ。裏切り者よ。

貴様もまた、ここで消えてもらう」

その口に黒い炎を溜めて、魔王シリクが俺達を睥睨する。

あの炎でこちらを焼くつもりか……！

「来い、『ミスラ』！」

俺はクレアトリの杖に魔力《マナ》を流し込んで、『人造神聖存在《ミスラ》』の顕現を惹起する。

「お下がりを、主様」

特に命じる必要はない。何をすべきかは、召喚した時点で『ミスラ』に伝わっている。

直後、魔王から黒い炎が吐き出されたが、『ミスラ』が出現させた光の壁がそれを遮る。

チヨがナーシェを回収して、後方……吹き飛ばされたヴィーチャの隣に降ろす。

「……くそ、ったれ」

「レオン、冷静になるんだ。怒りはお前を鈍《にぶ》らせるぞ」

「冷静さは先生に任せるよ。オレは今、あいつを全力でぶん殴りたいんだ」

「全ての戦場で生きて、殺して、勝つためには、怒りに呑まれてはだめだ。意思をもって心穏やかに殺す……それが蹂躙するってことだよ」

俺の言葉に、レオンが驚いた様子を見せる。母《ひと》から借りた言葉だが、この極めてギリギリの戦いで冷静さを失ってしまうのは、命を縮めるだけだ。

「そうか。ただ、蹂躙する……だよな」

「レオン？」

「……くそ、デフィムの野郎。頼まれなくたって任されてやる。絶対に姫《ナーシェ》を守ってみせるとも。伏見らしく……全ての敵を捻《ね》じ切り、轢《ひ》き潰《つぶ》してなッ！」

俺の隣で、気《オーラ》と殺気が膨れ上がるのを感じた。

決意した男の目で、レオンが魔王を見据える。

「応えろ、『蒼天剣《リラアカシュ》』」

レオンの呼びかけで『蒼天剣《リラアカシュ》』が姿を現し、それを握ったレオンが小さく唱える。

「――耐えてみせよ」

膨れ上がり、周囲を震わせるほどの殺気がレオンの身体を通して、渦巻き……一点へと収束されていく。まるでレオンが殺意そのものになったかのようだ。

「〝我……全ての戦場で活き、全ての戦場で殺し、全ての戦場で勝つモノ也〟」

「『ミスラ』、後退だ！」

俺の呼びかけに応じて、空間を滑るようにして、『ミスラ』が魔王から離れる。

そしてその一瞬で、レオンは魔王シリクの懐へと踏み込んでいた。

「伏見流交殺法殺撃……――喰命剣《くうめいけん》ッ」

その瞬間、俺は理解した。

円環と螺旋の意味を。

それはきっと、〝道を踏み外す〟と同義なのだろう。

『円環』とは世界の理、循環する流れ。人体を流れる血潮《ちしお》、大地を吹く風、朝と夜、移り行く季節……帰結すべき結果を繰り返すバランスの取れた世界。

そのタガを外して無理矢理にイレギュラーを引き起こし、円を螺旋に昇華し……一つの方向へと向かわせる。

――破壊のエネルギーとして。

そんな人道に――いや、世界の道理そのものを台無しにして何もかも壊そうというのが『殺撃』と呼ばれるものなのだ。

俺は勘違いしていた。ちょっとした戦闘技術の一種なのだろうと。

だが、実際のところそれは間違っていた。理解を違えていた。

レオンが突き出した『蒼天剣《リラアカシュ》』から放たれた鋭い衝撃波は、ダンジョンを震わせながら完全復活の余韻《よいん》に酔いしれて、余裕と油断をはき違えた魔王の黒い肉体を貫き、爆ぜさせる。

「［グ……ガ……！］」

「おっと、まだ生きているか……修業と殺意が足りないな」

冷たい殺意を滾《たぎ》らせたレオンが、呻《うめ》き崩《くず》れる魔王シリクを見据える。

これじゃ、どっちが魔王かわかったもんじゃないな。

「［だが、手遅れよ……もはやこのダンジョンのコントロールは、我が掌握《しょうあく》しているのだからな］」

赤と黒が混じった光が溢れ……魔王の身体が再生していく。

「ならば何度でも叩き潰して捻じ切るまでだ……ッ！　伏見の流儀ってのはオレの矜持じゃあないがな、今この瞬間は、オレは伏見だ！」

勇者がすごいのか、伏見がすごいのか。

自分を『淘汰』の一端だと言った彼が、敵でなくて本当によかった。

「［ならば、こうすればどうだ］」

魔王の背後に、パキリ……と亀裂が走る。

空間、いや次元そのものに干渉しているのか？

「この地でも地脈《レイライン》にさえ接触すれば、我々のような『渡り歩く者《ウォーカーズ》』はな、こういう真似もできる」

ダンジョンが大きく揺れる。周囲の環境魔力《マナ》が不安定に渦巻き、眩暈《めまい》のような感覚に襲われる。

「まずいぞ、主《マスター》。次元重複が起きる」

ナナシがその黒い衣を広げて、落下するガレキから俺達を守る。

「あいつ、別の『淘汰』を引き寄せているっていうのか!?」

レオンがこの世界に流れ着いている時点で、人間の転移が可能な程度には異界と接触していたのだろう。だが、それはお互いの激突を意味するものではない。ただ、隣り合っていただけだ。

それをこいつは〝地脈《レイライン》〟を繋げることで、お互いの世界を綱引きみたいに引っ張り合うようにしてしまった。

なまじ『シェラタン・コア』が力ある超大型ダンジョンコアで、なおかつ稼働状態にあったことが仇《あだ》になった形だ。

魔王を抑えきれなかった自分の不甲斐《ふがい》なさに腹が立つが、今はそれを悔《く》いている余裕もない。

「[クハハハハ。滅びよ、同じく滅びよ。全てが終わったその後に、このシリクが新たな世界を作ってみせる]」

嗤う魔王の体から何かが這い出してくる。それは、変異前のリカルドに見えた。

[我が依り代《よしろ》よ、ここを任せた……共に滅びを味わい、また共に歩む時まで]

「我が現《うつ》し身《み》よ、ここは任せよ……共に滅びを味わい、また共に歩む時まで」

亀裂が大きくなり、砕け散った空間がその先へと吸い込まれていく。

見慣れぬ四角い建物が並ぶ異界がちらりと視界に映る。

そして、そのまま吸い込まれるように、魔王シリクが空間の裂け目へと姿を消していく。

「まずい……！　シリクは衝突世界の地脈《レイライン》を掌握して破壊を早めるつもりです！」

消滅寸前のビジリがよろよろと立ち上がり、魔法の構築を始める。

見知らぬ魔法式……謳《うた》うように紡がれる詠唱。

「伝承魔法……これも伝承の内にある流れか？」

俺の疑問に、ユユが答える。

「ううん、違う。ビジリさんは、新たな伝承を紡いでるんだよ。お姉ちゃん！」

「ええ、アタシ達も！」

姉妹がビジリのそばに駆け寄り、ハーモニーを奏《かな》でるように合唱を始める。

魔法式が折り重なり、厚みと輝きを増して紡がれていく。

手伝いたいが、俺には伝承魔法のことはよくわからない。

……結局、解析できなかったのだ。

特別な才能と特別な謂《いわ》れを持つ人間が、感覚的に、そして本能的に紡ぎ、伝える魔法。

きっと伝承の担い手である二人には、何か感じるところがあったのだろう。

では、俺はそれを邪魔させないように立ち回ることにしよう。それが俺にできる戦いなのだから。

そう考えて向けた視線の先では、魔王から分かたれたリカルドと、ヴィーチャ、そしてナーシェが対峙していた。

「リカルド……！　お前って奴は！」

「これからとてつもなく苦しく、悲しい出来事が起こる。みんな死ぬ」

「何故、魔王などと手を組んだ！」

「兄上とて、イアスと手を組んでいるじゃないか。そもそも、シリクは僕で、僕はシリクだったんだ。そんなことにすら気付かなかったんだろ？　愚かで無知、滅びて当然だ」

すかした風に、リカルド《シリク》が嗤う。

その声に呼応するかのように、足元に広がる暗闇から『悪性変異《マリグナント》』が次々に湧き出すように現れる。

「せっかくだ、お前達はこの場で踊ってもらおうか。世界崩壊までの間……僕を楽しませる道化《どうけ》になるがいい」

次々と現れる『悪性変異《マリグナント》』を『ミスラ』が光で薙ぎ払う。

そのそばでは、エインズとヴィーチャがお互いを庇いながら剣を振るっていた。

「ヴィクトール王子殿下、ここは任せてくんな！」

「私も戦わねばなるまい！　こうも、数が多くてはな！」

背中合わせで武器を振るい『悪性変異《マリグナント》』に対する二人だが、この数ではいずれ取り囲まれてしまう。そしてそれはレンジュウロウとチヨも同じことだ。この数に囲まれては、【必殺剣】の黙想を維持するのは難しい。

唯一、安心していられるのはレオンくらいか。俺にまだ余裕があるのは、湧き出す『悪性変異《マリグナント》』をレオンが一太刀《ひとたち》、あるいは一撃で次々と撃破しているからだ。

「――【九つの物語《ナインテイルズ》】！」

デフィムの喪失を乗り越えたナーシェリアが、自らの別人格《アルターエゴ》を呼び出して戦線を維持する。とはいえ、あの能力は負担が大きく、そう長持ちしない。

次元の裂け目を見やり、俺は魔法で『悪性変異《マリグナント》』を足止めしつつも思考を加速させる。

向こうに行ってしまった魔王シリクをなんとかしなくてはならない。でなければ、遠からずこの世界も、そしてあちらの世界も、重複と衝突の影響で崩壊してしまうだろう。

こちら側の超大型ダンジョンコアの力を使ってあの次元の裂け目を繋いでいるのだから、考えられる対抗策は二つだ。

向こうに行って、魔王シリクを仕留める。そして……こちらの超大型ダンジョンコアの接続を断つことだ。

そうか……！　魔王シリクが分身《リカルド》をこちらに残した理由にピンときた。おそらく、二人の間に〝繋がり《リンク》〟のようなモノがあるに違いない。

次元を超えれば魔王シリクを完全体たらしめている『シェラタン・コア』との接続が途切れてしまう。故に、世界の接触と崩壊が始まるまで、あの次元の裂け目を通じて分身《リカルド》から魔力《マナ》を受け取らねばならないのだ。

……では、俺達が取りうる手段はシンプルだ。

『シェラタン・コア』を停止させるか、破壊するか、あるいは魔力《マナ》受送信の要となっているリカルドを倒すか。それで計画の一端を、まず潰《つい》えさせることができる。

しかし、それでは魔王シリク本体を取り逃がすことになる。

一旦危機は去るかもしれないが、向こうの世界で同じことをされれば……レムシリア《こちら》から魔王シリクを止める手段がなくなってしまう。

「〝魔導師《マギ》〟殿、何か妙案はあるかね⁉」

グランゾル子爵が俺の様子に気が付いて、声を上げた。

「あるにはあるが……！」

答えたものの、それを口にするのは気が乗らない。

魔力《マナ》供給の停止と、魔王シリクの追撃討滅は同時に行わなければならない作業だ。

つまり、誰かが向こう側に行って魔王シリクを追撃し……その上で次元の裂け目を閉じなくてはならない。

次元の裂け目を閉じるには、おそらく双方向からの魔法的処置が必要だ。片方だけ閉じれば、おそらく次元の狭間に向かって裂け目が開いたままになり、お互いの世界になんらかの悪影響が出る。

しかし、それができる魔法的素養を持った人材は限られる。

「このままでは世界の終わりじゃ！　アストル、なんでも言ってみよ」

レンジュウロウのあの眼差《まなざ》し……おそらく、目の前のリカルドなら断てるということだろう。

すでに作戦に必要な要素の一つが揃っている。俺は焦りを感じた。

「魔王シリクの追撃が必要です。あの次元の向こう側に行って、確実に仕留めないと。でもそうすると……こちらには」

そこまで言って、その役目は俺がするべきではないかと思い至る。

コアの力を失った魔王シリクであればなんとか届くかもしれないし、向こう側から次元の裂け目を閉じる作業も、俺ならおそらく可能だ。

有り体に言えば、犠牲になる人間が俺一人で済む。世界を天秤《てんびん》にかけるなら、実にリーズナブルな取引だろう。

それに、だ……もしかすると、俺ならば〝地脈《レイライン》〟の大元を辿って、魔法による次元間移動が可能かもしれない。とんでもない驕りだと自嘲するが、事実として俺には魔法の才能があり……今、それなりに使うことができている。

魔王は〝我々のような『渡り歩く者《ウォーカーズ》』はな、こういう真似もできる〟と言った。

だったら俺がその『渡り歩く者《ウォーカーズ》』になればいいのだ。上手くすればこちらの世界に帰ってくることも不可能ではないはずだ。

そう考えて口を開こうとした瞬間、誰かに肩を掴まれた。

「アストル先生。それは、オレがやる」

「レオン？」

「見た感じ、あっち側はオレがいた世界だ。オレが行って始末をつけてくる」

レオンが意志の強い目でそう告げた。確かに、彼であれば追撃に不足ということはない。

俺などよりずっと確実に魔王シリクを仕留めてくれるだろう。

「行かせると思っているのか！　愚か者どもめ！」

リカルドがさらに大量の『悪性変異《マリグナント》』を呼び寄せる。

ああやって防備を固めるところを見ると、どうやら俺の考えは有効な手段であるようだ。

押し寄せる黒い人波みを『ミスラ』の光線が薙ぎ払って、一時的に凌ぐ。

しかし、そこで『ミスラ』は力を使い果たしたようだ。

「主様、私はここまでです」

「すまないな、『ミスラ』」

顕現の力を使い果たした『ミスラ』が、光の粒となって消えた。

いよいよ限界が差し迫ったと見たレオンが、その体に殺気と意志を漲《みなぎ》らせる。

「どちらにせよ、魔法使いが必要だ。次元の裂け目を向こう側からも修復しないと……！　それに、これを突破するのに、お前一人じゃさすがに辛いだろう？」

「だからって、アストル先生が行っちまったらレムシリアが立ち行かないよ」

「俺はそこまで大した人間じゃない」

ふわり、と美しい髪が揺れる。

ナーシェリアが細剣を手に、俺の隣に立っていた。

「いいえ、アストル。あなたはこの世界に必要です。あなたこそが、この世界の要となります」

「ナーシェ……！」

「アストル、私の中には魔法を得意とする私もいます。ですから、あの本を貸してください。きっと役目を果たしてみせます」

「ナーシェ、君は王族なんだぞ？」

「ええ、ですから……責任をとります。父王と弟と、この危機に対する務めを、王族として果たします。……レオン、最期まで守ってくださるのでしょう？」

ナーシェが凛とした佇まいで宝石のように美しく微笑む。

「……ああ、必ず守ってみせる。その道に立ち塞がる全てから」

並び立つ二人の背中に、盾を背負ったデフィムの幻がぼんやりと滲む。

そして、俺は納得する。諦める。確信する。

これは背後で朗々と紡がれる、新たな『伝承』の一節なのだ。

紡がれるは、運命の物語。

――ならば、ならばこの二人の決断は、必ず上手くいく。

「わかった。行ってくれ、二人とも。次元の裂け目までの道は俺が切り開いてみせる……！」

運命を切り開く魔導書《ガーヤト・アル＝ハキーム》をナーシェに押し付け、その頭を軽く撫でる。

「頼んだよ、ナーシェ。君は良い生徒だった」

「お任せください、アストル。わたくしの尊敬すべき先生」

レオンとは無言で頷き合う。

男同士はこれでいい。ただお互いの出す結果で、わかり合うとしよう。

「させるものか！　ことごとくを殺し、食い尽くしてくれる」

俺達の意図を悟り、リカルドはさらに『悪性変異《マリグナント》』を増加させる。

攻撃をしてこないということは、おそらくこの『悪性変異《マリグナント》』の召喚維持があいつの能力で、それだけが取り柄なのだろう。

さて、何か大型の魔法……多少無理してでも炎の王を呼ぶか？

そう考えを巡らせて杖を構えた俺の隣を……何かが高速で通り過ぎていった。

「な……ッ⁉」

白とオレンジの軌跡を残して飛来したそれは、複数の『悪性変異《マリグナント》』を貫通してリカルドの鼻先にまで到達し、高温の白い爆炎となって周囲を焼き尽くした。

「チャンスだ！　じゃあな、アストル先生」

「行ってまいります」

焼け焦げて煙を上げ、ところどころでいまだ炎が燻《くすぶ》る突破口を、ナーシェを抱え上げたレオンが矢のように駆け抜けていく。

それを見送りながら、俺は背後の気配に安堵を感じて振り返った。

「あらあらまあああ……母さん、少しやりすぎてしまったかしら」

鎧姿の母がこちらに向かって悠然と歩を進めてくる。押し寄せる『悪性変異《マリグナント》』をものともせずに斬り捨てながら、伝説級冒険者が俺のいる最前線へと立つ。

「あら、アストル。にぎやかだけど、ちょっと良くないわね」

「スレーバさん達は？」

「地上に行ってもらったわ。『悪性変異《マリグナント》』、外に出すといけないでしょう？」

ニコリと笑う母の顔は少し汚れている。鎧にもいくつか傷がついており、ここに来るにもそれなりの危険があったことが窺える。

「さあ、アストル。母さんに教えてちょうだい。何を壊せば解決するのかしら？」

「敵を全部。あとは俺とレンジュウロウさんで終わらせるよ」

「然り。アストルよ……よいのだな？」

レンジュウロウの問いに、頷く。

向こう側をレオンとナーシェに任せた以上、俺達ができる最大限のサポートは『シェラタン・コア』の魔力《マナ》を魔王シリクに送るリカルドを止めることだ。

そしてその準備はすでに、終わっている。

「おのれおのれおのれ……ッ！　無駄な足掻《あが》きだ！　お前達が疲れ果て、膝をついて諦めるまで、我が軍団は止まらない！」

母の攻撃にさらされて吹き飛ばされ、機能停止していたリカルドが再生して吼える。

やはりというか、シリクと同様にコアからの魔力《マナ》供給による再生復活もあるらしい。が、予想の範囲内だ。

「まぁ、丈夫ね。死にたくなるまで焼こうかしら？」

笑顔の母が手元に戻ってきた双剣槍《ツインランサー》に炎を灯す。

それを見たリカルドが顔を歪めて嗤う。

「バカめ！　僕は不滅だ！　お前達は今から死――……っえ？」

恍惚《こうこつ》とした表情でご高説を垂れている魔王の眼前に、餓狼《がろう》が肉薄していた。

レンジュウロウの苦悩が、怒りが、やりきれない気持ちが、その切っ先を鋭く光らせる。

彼は耐えに耐えたのだ。自分の代わりにチヨが傷を負う間も、仲間が苦戦する場面も、酒を酌み交わしたデフィムの死の瞬間も。

全てはこの一撃……一閃のために、ただただ耐えた。

魔王の〝死線〟をなぞる、この瞬間のために。

「斬り捨て、御免」

一陣の風が吹き抜け、小さな鍔鳴りの音だけがダンジョンに静やかに響いた。

「────……ッ　────……！」

魔王リカルドの首が、静かに落ちる。

その顔は何か言いたげな表情だったが、声はついに発せられることはなく、存在そのものを断たれた元王子は、やがて黒い塵《ちり》となって散り消えた。

それと同時に、『悪性変異《マリグナント》』達も塵となり、第三十階層の大部屋は静寂に包まれたのだった。

「……終わった、の？」

遠慮がちなユユの声が、束の間の沈黙を破る。

レオンとナーシェの姿はどこにもない。無事に向こうに行ったのだろう。

「いや、まだ裂け目を閉じないと。こちらからの影響を完全に封鎖しないとな」

「じゃ、早くしましょ。アタシ、お風呂に入りたいわ」

伝承魔法の詠唱を終えたユユとミントが駆け寄り、それぞれ俺の手を握る。

俺はその温かな手を握り返しながら、見知らぬ風景を映し出す次元の裂け目をじっと見据える。

俺達の視覚上では裂け目に見えるが、あれは次元間の地脈《レイライン》を無理やり繋いで作ったトンネルのようなモノだ。

『渡り歩く者《ウォーカーズ》』とやらは簡単にあれを通り抜けるみたいだが、そうでなければ俺のように魔力《マナ》親和性が高いか、伝承魔法で先行して事実をねつ造しないと難しいだろう。

もっとも、レオンは元の場所へ向かうだけなので、負担なく跳べたようだけど。

「主《マスター》、気を抜くのはもう少し待った方がいい」

本来の姿のナナシが、身に纏う黒い衣をはためかせて俺に注意を促した。

魔王の塵の中から、深紅《しんく》の宝石が姿を現し、浮き上がってきている。

……しかも、その大きさは一抱えほどもあり、よくよく見ると膝を抱えた人間に見えなくもない。

「まさか、『シェラタン・コア』か？」

「ええ、どうやら……リカルドの消失に引っ張られたようですね」

ビジリが体を少しずつ消失させながらも、俺の隣に並んだ。

大丈夫なのだろうか？　俺にはまるで理力流出《レベルダウン》が進行しているように見えるのだが。

「不安な気持ちが、消えない……。アストル、『あれ』は、危険なモノ、だよ」

「ああ、ユユと同じ意見だ。なんだってコアがこんなに恐ろしいんだ……？」

正面の『シェラタン・コア』から放たれる気配は、まさに迷宮主《ダンジョンマスター》の圧力だ。

コアが剥き出しになっているにもかかわらず、その危険さが俺達の背筋《せすじ》を寒くさせている。

「アルさんは？　もういないのか？」

「気配は感じます。ただ……制御できてはいない。見てください」

ビジリが震える手で指さす先、コアの一部が黒く澱んでいる。

「瘴気《ミアズマ》による汚染――リカルドの残留思念のようなものです。あれがコアを暴走させているのでしょう」

つまり、俺達の目の前にある『シェラタン・コア』は、かつての野性味を取り戻している状態といえる。

「……コアの状態で叩き壊すッ！」

俺の決断はかなり早かったと思う。

だが、『シェラタン・コア』の対応はもっと早かった。

俺達が踏み込む前に、紅く強く輝いた『シェラタン・コア』は、魔王が放ったものに勝《まさ》るとも劣《おと》らない魔力放射で俺達を吹き飛ばし、同時に自らの外殻《がいかく》を変化させていく。

「ぐぅ……ッ！」

なんとか体勢を立て直した俺達が見たのは……意外なほどに納得できるものだった。

『ダンジョンコア』が自らを守る外殻として纏うもの――それはコアが想起しうる〝最も強い姿〟を模すものだ。

そこには四体の獣を引き連れた伝説の〝魔導師《マギ》〟……アルワースの姿があった。

冷笑を浮かべる伝説の〝魔導師《マギ》〟を前に、俺達は凍り付く。

「アルワース……アル。あなたでは、ないのですね？」

魔王たる黒衣の姿となっているビジリの表情は窺えないが、その言葉の端には確かな悲しみが満ちていた。

「ビジリさん……残念ですが、あれは『迷宮主《ダンジョンマスター》』だと思います」

「……でしょうね。私としたことが、心を乱されたようです」

自嘲したような素振《そぶ》りのビジリを横目に見ながら、俺は目の前の障害を分析する。

あの姿をとったからには、きっと魔法を使ってくるだろう。二千年も同化していたのだ……『シェラタン・コア』自身、〝魔導師《アルワース》〟のことを分析しつくしているに違いない。

唸り声を上げる虎に似た獣達にも注意が必要だ。あれらもまた、相当なプレッシャーを放っている。

「東方の四聖獣を模してアルが作り出した使い魔達です。彼らまで再現するとは、侮れませんね」

イコマの里で得た知識を引き寄せる。

確か、方角ごとにそれを守る色とりどりの神獣がいるんだっけ。

だが目の前のそれは、毛皮の色こそ違えども、皆同じ形状だ。

「それぞれ白虎《びゃっこ》、赤虎《しゃっこ》、青虎《せいこ》、黒虎《こっこ》です。従来の力を有していれば、かなり強いはずです。さて、どうしたものか」

「セオリー通りに戦うしかありませんが……」

一つ問題がある。俺達は魔法使いとの戦闘経験はそう多くないのだ。

しかも相手が伝説の〝魔導師《マギ》〟ともなれば、何が起こっても不思議ではない。

「ビジリさん、なんとか対話できないですかね」

「……可能です」

ビジリが絞り出すような声で告げる。

「ただし、汚染を除去しなくてはまともに制御もできないでしょう。私があのアルに接触できればなんとかなるかもしれません、が」

周囲の獣達はそれを許してくれそうにない。

「……主《マスター》！」

ナナシが闇の衣を広げて、俺達に飛来した光弾を弾く。

「魔法使いに時間を与えすぎたか……！　みんな、戦闘開始だ。ビジリさんをコアに接触させる！」

「それがプランでいいんだな？」

質問しながらも、エインズは獣達を挑発するように剣と盾を打ち鳴らし、駆け出した。

グランゾル子爵もそれに続いて二手に分かれる。

さすが戦場慣れしている。撹乱《かくらん》して連携をとらせないつもりだろう。

「ユユ、魔法防御を。詠唱……いや、魔力《マナ》反応に割込み《インタラプト》を仕掛けてくれ！」

「ん。了解」

本来、魔法の妨害は俺の仕事だが、俺は俺でやることがある。

それに、ユユなら上手くやる。こういう場面では、俺よりも勘が鋭いところがあるからな。

「吾輩も魔法防御に入る。主《マスター》へのサポートを薄くするが、いいかな？」

「任せる。みんなを上手く守ってくれ」

「承知したよ」

ナナシがふわりと空中に飛び上がり、いくつかの魔法式を形成する。

詳しく見たわけではないが、何やら複雑な反応型魔法式のようだ。

「各員、虎を各個撃破してくれ！　ビジリさんを前進させるにはあいつらが邪魔だ！」

「承った。行くぞ、チヨ。ワシらは赤い虎を受け持つ」

「はい、レンジュウロウ様」

凸凹夫婦が少しばかり突出すると、黒虎と赤虎がそれを察知して地を駆ける。

知能はそれほど高くないようだ。

「アンタはこっちよ！」

駆け出す黒虎を細いワイヤーが捕らえ、一瞬足止めする。

ミントが距離を詰めるには、その一瞬で充分だった。

虎の横腹を、容赦のない前蹴りが襲う。

「ギョウンッ!?」

くぐもった鳴き声を上げて、黒虎が盛大に吹き飛んだ。

ミントのその目には剣呑《けんのん》な紅い光が宿っている。

自制内だが、【狂戦士化《ベルセルク》】を使用しているようだ。

その光景を見たアルが何かしようとしたが、練られた魔力《マナ》はその場で消え失せる。

「――〈雲散霧消《ディサペイト》〉、〈雲散霧消《ディサペイト》〉……ふむ、さすが稀代《きだい》の大魔法使い。主《マスター》とは違う、本物の連続魔法だ」

「悪かったな、俺のは偽物で！」

文句を言いながらも、手負いの黒虎にとどめを刺すべく、俺も魔法詠唱を開始する。

少しばかり錬気も混ぜて……俺は事象のタガを外す。

何も大規模にやる必要はない。言うなれば、ごくごく小規模で、必要最低限の『魔法殺撃』。

レンジュウロウやレオンのようにオーバーフロウによってエネルギーを放射するタイプの殺撃は力加減が難しいだろうが……俺の場合は魔力《マナ》と混合した気《オーラ》をコントロールして使う。

小さく、小さく、コンパクトに。それでいて円環を外れ、螺旋し、穿ち貫くようなイメージ。

魔法式が完成し、俺の指先から深淵の蒼が発射される。

小指の先ほどのそれは、体勢を立て直した瞬間の黒虎の眉間に吸い込まれるように命中し……ぱっと小さく爆ぜて、その頭部から肩付近までを削り取った。

魔力《マナ》の消費こそ非常に大きいが、〈深淵の虚空《エイビスホロウ》〉のように理力《オド》を溶かすほどではない。威力もこの場面で使うには充分だ。

断末魔《だんまつま》の叫びもなく倒れた黒虎を確認してから、俺はその指先を別方向へと向ける。

「グランツさん！　動きを！」

「承知した！　ぬぅんッ！」

体当たりじみた盾撃《シールドバッシュ》を受けた青虎が、大きく体勢を崩す。

その隙があれば充分だ。

「二匹目、もらった！」

【反響魔法《エコラリア》】で先ほどの魔法を再現して、青虎に放つ。

胴部に直撃を受けた青虎は、体を二つに分断されてどさりと倒れた。

「主《マスター》、何か大型の魔法が来る。反魔法でもなければこれは消せない」

ナナシの泣き言に迷宮主《アルワース》の方向を見ると、そこには複雑な魔法式が浮かび上がっていた。

「——多重崩壊型魔法式……!?」

彼こそが〝魔導師《マギ》〟の元祖なのだ、多重崩壊型魔法式《アレ》が使えても不思議ではない。しかし、見たことがない魔法式な上に、多重崩壊型であるため、一体なんの魔法かすらも予想できない。

しかも——

「復活している……!?」

倒したはずの黒虎と青虎が、迷宮主《アルワース》の傍らで戦闘態勢をとっていた。

さすが『超大型ダンジョンコア』……再召喚するための魔力は豊富ってわけだ。

「主《マスター》、一つ提案があるのだけど」

「いくつか魔法式を壊して崩壊手順を狂わせる、か？」

「勉強熱心な主《マスター》だ。それしか手がないように思うが？」

ナナシと小さく頷き合って、展開中の多重崩壊型魔法式にいくつかの対抗魔法を放つ。

どこまで制御しているか知らないが、崩壊することが計算に組み込まれている以上、どこかは壊せるだろうし、その手順が狂えば正しい効果は現れないはずだ。

とにかく今は、手当たり次第に対抗魔法を放って、バランスを崩すしかない。

「……！　これが有効か」

破れかぶれと言ってもいいレベルで放った比較的低レベルの対抗魔法〈魔力流阻害《マナフラストレーション》〉が、迷宮主《アルワース》の魔法式の一部を欠けさせせた。

なるほど、本体が『ダンジョンコア』なだけあって、魔力の操作が少しばかり大味なのだろう。知識はあっても多重崩壊型魔法式を制御するには繊細さが足りない。

「ナナシ、魔力《マナ》の流れを阻害させるものが有効なようだ」

「なるほどね。では……」

矢継ぎ早に展開するナナシの魔法を【反響魔法《エコラリア》】で再現していく。

少しずつ迷宮主《アルワース》の魔法式が軋みを上げていくのがわかる。

「KYYYAAAA！」

ダンジョンコアに感情があるのかは不明だが、迷宮主《アルワース》は焦ったように魔法を発動させる。

不完全な魔法式が鳴動し、ダンジョンコアの〝成就《じょうじゅ》〟が成される時のような濃く赤い魔力《マナ》が周囲を満たして、それが一筋の光へと収束……太い光線となって放たれた。

狙いも大概に放たれたそれは俺達に触れることはなかったが、代わりに床と壁を大きく抉って消えた。

本来であればどれだけの規模の破壊光線を出すつもりだったのか。

「そっくりそのままお返しさせてもらう！」

迷宮主《アルワース》への直接攻撃は控えていたが、自分の使った魔法でまさか砕けはするまい。それに、これはビジリを接触させる良いチャンスになるはずだ。

【反響魔法《エコラリア》】を使用して、魔法を再現する。

「ん……？」

そこで俺は気付く。これは攻撃魔法などではなかった。

簡易的な、ごくごく小規模で簡易的な事象操作――つまり、〝成就〟だ。

「とんでもない方法で俺達を攻撃しようとしていたな……！」

背筋がひやりと冷える。

魔法式が崩れて弱体化し、〝破壊というワードのみが発動した結果〟として破壊光線が放たれただけで、あのまま放っておけば俺達に致命的な打撃を与える現象を発生させていたに違いない。

とはいえ、この魔法は今の俺では意味をなさない。成就を結実させるのに必要な魔力《マナ》が全然足りない。

自分自身が『超大型ダンジョンコア』である迷宮主《アルワース》であるからこその、大雑把な魔法だ。

「せっかくやっつけたのに、すぐに再出現《リポップ》しちゃうのねぇ」

「母さん」

双剣槍《ツインランサー》を床に突き刺しながら、母が小さくため息をついた。

再び膠着状態《こうちゃくじょうたい》に陥《おちい》り、迷宮主《アルワース》に対する策を早急に考えねばならなくなった。

さっきの〝成就〟魔法に対する対抗策はある程度確立したものの、持久戦が続けば先に息切れを起こすのはこちらだ。

何せ、相手は地脈《レイライン》と直結している純粋なコアである。無尽蔵《むじんぞう》ともいえる魔力《マナ》を惜しみなく使ってくるだろう。

となれば、やはりここはビジリの提案する対策をアテにするしかない。

「……！」

突如として放たれた魔法を、ユユとナナシの対抗魔法が打ち消す。

向こうも悠長《ゆうちょう》には待っていてくれないようだ。

「主《マスター》、イアスをあのコアに接触させるのだろう？」

「そう簡単にはいかないだろうけどな」

四匹の虎達は、各メンバーと戦いながらもこちらの動きを牽制し、迷宮主《アルワース》の周囲を固めている。

簡易版〈深淵の虚空《エイビスホロウ》〉も負担が大きく、そう何度も撃てない。

「なら、ここは押し通るしかないわねぇ？　そうでしょ、ミントちゃん」

「ええ、おば様。アストルは考えすぎなのよ」

母とミントが不敵な笑みを浮かべる。

「然り。策士策に溺《おぼ》れる……などと言うが、お主は少し考えすぎじゃの」

「んだな。アストル、オレが前に出るから、いつも通りやりゃいい」

「わたくしも、微力ながらお手伝いいたします」

レンジュウロウとエインズが苦笑しながら頷き合い、チヨが生真面目な視線を向けてくる。

グランツとヴィーチャも各々の武器を手に進み出る。

「さて、小生も〝英雄〟の名に恥じぬ働きをせねばならんだろう」

「この国の王子として、君の期待に応えてみせるよ」

俺の正面に壁を作るように集まる勇士達。誰も彼もが一騎当千の力を持つ冒険者だ。

……ああ、俺は間違っていた。

また、自分一人でなんとかしようなどと、おこがましい考えをしていたようだ。

「ユユも、同じ気持ち。だいじょぶ、アストルは、一人じゃ、ないよ」

「ああ。そうだな。そうだった。なんてことはない……」

いつも通りに、やるだけだ。

「みんな、頼む」

俺の声と同時に、各々が動き出す。

チヨは、鞘を握るレンジュウロウの影に潜み、気配を隠して不意打ち《バックスタッブ》の準備をし、エインズとグランゾル子爵が盾を構える。

目に殺気を灯したミントは剣を抜き、それに並ぶ母は……微笑みながら分厚い破壊の気配を漂わせた。

「サポートは、任せて」

「では、吾輩も防御に注力しよう。主《マスター》よ、憂いなく進みたまえ」

ユユの強化魔法が降り注ぎ、俺達を後押しする。

散発的に放たれる魔法は、ナナシが〈雲散霧消《ディサペイト》〉で防いでくれているので、あとは俺とビジリのタイミングだけだ。

「少しばかり、体《オド》を削られすぎました。さて、鈍歩ですが、参りましょうか」

「大丈夫なんですか？」

「なに、古い友人に会いに行くのには問題ありませんよ」

ふらふらとした足取りのビジリの肩を、ヴィーチャが支える。

「行こう、ビジリ。私だって、君の友人のはずだ」

ヴィーチャに頷き返して、俺は前方を見据えた。

そして息を大きく吸い込み、告げる。

「行きます。全ての障害を排除して、道を切り開いてください」

控えめな号令を皮切りに、手に手に得物を構えた戦士達が戦場を一直線に駆ける。

「──〝徒花《あだばな》と散れ〟」

レンジュウロウが練り上げた気を刃に乗せて振り抜く。

こちらに飛び掛かろうと地を蹴っていた白虎と青虎がそれに触れ、微塵《みじん》に刻まれて散った。

「オオオオォォッ！」

「どきなさいッ！」

〝英雄〟グランゾルの振るう魔法の長剣と、ミントの『白雪の君《サーメッティア》』が黒虎を捉えて切り伏せる。

その背後から飛び出したチヨが、迫る赤虎の眉間を短刀で貫き、すり抜けるように鋭く踏み込んだエインズが首を落とす。

斃された虎はすぐさま光の粒となって消えてしまうが、迷宮主《アルワース》が小さくキーワードを唱えると、その傍らにすぐさま再出現する。

……が、これでいい。

再出現のキーワードを使う間は、魔法を形成できない。

大型の魔法を使うためには集中が必要だが、虎がいなくなれば攻撃にさらされる。

迷宮主《アルワース》にとっての誤算は、俺達の戦力が想像以上に大きかったということだ。

あの虎達は、おそらく本来の強さではない。伝説の〝魔導師《マギ》〟の使い魔にしては脆弱すぎる。本来は一体一体が『異貌の存在《イモータル》』に近い……いわば、『ミスラ』のような存在で、もっと理知的で手強い相手だったに違いない。

しかし、所詮は『コア』がアルの知識から汲み取っただけの複製品だ。本物の強さには遠く及ばないのだろう。

「――〈雲散霧消《ディサペイト》〉。次、来ますぞ、奥方」

「ん。〈幽障壁《ガイストウォール》〉」

散発的に放たれる無詠唱の魔法はナナシとユユがそれぞれ分担して、対抗魔法や防御魔法で防いでくれているので、俺達は安心して前進することができる。

「みんな、張り切ってるわね。わたしもちょっと頑張っちゃおうかしら」

どこか気の抜ける言葉と共に、母が詠唱を始める。

朗々と、それでいてたっぷりの冷え冷えとした殺気をこめて、槍の穂先は熱を増していく。

「*Profani, vi, infano de la suno! Tiuj, kiuj plenigas ĉion en ruĝa, bruligas kaj staras. Faru ĝin evidenta ruĝeta de detruo. Via nomo estas.*（蹂躙せよ、汝《なんじ》、太陽の子よ！　全てを赤く塗り潰し、焼き尽くし、立ち尽くす者よ。顕現せよ破壊の紅。汝の名は）――*Atar-Khvarenah！*（アータル・クワルナフ）」

加熱され高速回転する双剣槍《ツインランサー》が光輪の如く輝く。

そしてそれは、まるでそうなるのが自然だとでもいうように、母の手から迷宮主《アルワース》に向かって飛翔した《はなたれた》。

以前、大地を焼き尽くした時よりもずいぶん規模は小さいが、熱と炎が破壊のエネルギーだということを再確認するに充分な現象が、迷宮主《アルワース》と再出現したばかりの四匹の虎を襲った。

虎はことごとく炭になり、迷宮主《アルワース》は身を守るために大きなエネルギーを使うことになったのか、膝をついている。

だが、ここで手を緩めるわけにはいかない。

依然として迷宮主《アルワース》の背後には次元の裂け目が広がっており、それを閉じない限り世界の崩壊を招く『淘汰』は避けられないからだ。

故に、俺は意識の端に張り付いた母の魔法を、再現する。

「――〈光輪持つ炎の王《アータル・クワルナフ》〉。また……俺に力を貸してくれ」

俺の呼びかけに返事はなかった。

だが、紅いマントが俺の背にはためき、体に力が漲る。

「ありがとう、炎の王」

『ミスラ』の顕現時間の短さや、前に比べて小規模すぎる母の魔法の威力を見て推測はしていたが、やはりここでは『異貌の存在《イモータル》』が完全に力を揮うのは少しばかり難しいようだ。

何しろ、ダンジョン内はこちらの世界の地脈《レイライン》の力の代行者である『超大型ダンジョンコア』の居城なのだから。

しかし、充分だ。顕現できないと見て、炎の王はその力の一端を俺に貸し与えてくれた。

「KYYYYYッ！」

怒りか焦りかわからないが、迷宮主《アルワース》が叫び声を上げた。

四虎のそれぞれが一回り大きく、そして異形の姿で再び現れる。

白虎は全身を刃のような物が覆い、黒虎は全身を岩のように変化させていた。

残る二匹……青虎も全身を鱗《うろこ》に覆われた竜のような姿に変異し、赤虎に至っては炎を纏った翼をはためかせて浮遊している。

「四聖獣に特性を寄せたようですね。アルの知識を利用しているのでしょう」

立ちはだかる四匹の虎にビジリが苦々しい視線を向ける。

「それでも進むしかない……！　アストル、ビジリは私が支える。君も戦いに参加してくれるか？」

「わかりました。ビジリさんを頼みます」

ヴィーチャに応え、俺は左手にクレアトリの杖、右手に魔法の小剣《オーティア》を構えて正面に出る。

「アストル！」

駆け寄るミントに頷く。

前線でコンビを組むなら、やはり彼女しかいない。ミントは俺のことをよく知っていて、俺もミントのことをよく知っている。

つい最近まで俺達は、一つだったのだから。

「全力で行く」

「当然よ。アタシの意識を手放さないでね」

額同士をコツンと当てて、〝繋がり《リンク》〟を再接続する。

見る見るうちに流れ込んでくるミントの破壊衝動を魔法で昇華しながら、俺は気を練りはじめる。

視界の端では、レンジュウロウが抜いていた刀を鞘に戻して黙想しているのが見えた。

……なるほど。同存在が再召喚されるなら、存在そのものを断ってしまおうという腹づもりだろう。

レンジュウロウの影からずいっと前に出るのはチヨだ。

刃のような体毛を飛ばす白虎の攻撃を泳ぐようにして凌ぎ切り、一瞬の隙をついてその腹に小刀を突き入れる。

白虎が怯んだ瞬間、レンジュウロウの必殺剣がその首を落としていた。

少し離れた場所では、岩の如くなった黒虎とグランゾルが激突している。

お互いに、力比べでもするかのように正面から攻撃を打ち合い、防ぎ、一進一退の戦闘が繰り広げられている。

そのサポートをしているのはエインズだ。

道具を使って撹乱し、鎧のような装甲の隙間に剣を刺しこんで攻撃を見舞う。

さらに先では、母が赤虎と対峙している。

赤虎は低空を浮遊し、周囲を素早く動き回るものの、母の方が一枚上手《いちまいうわて》のようだ。

一見、母も飛行しているように見えるが……この際深く考えるのはやめておこうと思う。

母さんだし。

そして俺の目の前には、唸り声だけが虎の面影を残す、小型の青い竜がいる。

「さぁ、行くぞ……ミント」

「うんッ！　さぁ、アタシを思いっきり振り回して！」

容赦なく【狂戦士化《ベルセルク》】を強化するミントの舵をとりつつ、俺も錬気を使って追随《ついずい》する。

「らあぁッ！」

短い気合と共に、ミントが『白雪の君《サーメッティア》』を振り下ろす。

斬撃は青虎の虎らしく獣じみた動きでギリギリ回避されてしまったが、俺はその鼻先に無詠唱の〈魔法の矢《エネルギーボルト》〉を二発ばかり撃ち込んでやる。

実際は大したダメージにはならないとはいえ、気を抜いた瞬間に撃ち込まれる攻撃は意外と効くものだ。

そして、相手が鼻白《はなじろ》んだ瞬間を見逃す暴走ミントではない。

そもそも今のミントにとっては『白雪の君《サーメッティア》』程度、木剣ほどの重さにも感じていないはずだ。

木の枝でも振り回すように軽々と、そして猛然と次々打ち込まれる斬撃に、青虎が悲鳴を上げて後退る。

「逃がさないわ！」

ミントがすぐさま追撃に入るが、青虎の口から青白い炎が漏れているのがちらりと見えたので、〈必中瓶《ポーションスロー》〉を使って、凍結瓶《フリーズボトル》を開いた口に放り込んでやる。

大方、炎の息《ブレス》でも吐こうとしていたのだろうが、それをさせないのが俺の役目だ。

ミントには気持ちよく仕事をしてもらわないとな。

「つしゃぁッ！」

口を凍結させられて狼狽《ろうばい》する青虎に、床すら削り取って打ち込まれた切り上げが直撃した。

景気よく空中に放り出された青虎に向かって、ミントが逆手に持った剣を構える。

「トドメよ！」

その叫びと共に『白雪の君《サーメッティア》』を投げる。

瞬間、白い大剣は文字通り無数の刃の突風となって青虎を切り裂き、貫いた。

『白雪の君《サーメッティア》』を再調整した際、再構成した新しい機能だ。

『蒼天剣《リラアカシュ》』作製時のノウハウのいくつかが使われており、消えたと思われた『白雪の君《サーメッティア》』はすぐさまミントの右手に再生しはじめた。

「今だ！　ヴィーチャ」

「わかっている」

ビジリを支えたヴィーチャが、俺の隣を歩き、通り過ぎていく。

もう少しで、ビジリが迷宮主《アルワース》と接触できる位置まで来ているものの、迷宮主《アルワース》本体がビジリを攻撃する可能性もある。

それに、今しがた倒した虎が再生するかもしれない。

武器を構える俺とミントだったが、そんな心配をよそに、迷宮主《アルワース》はただ立ち尽すのみ。

よく見ると、ビジリの指先がぼんやりと光り、そこから糸のような細い光線が迷宮主《アルワース》の額へと伸びていた。

「何も直接接触するだけが手ではありませんよ……。シリクにできて私にできないはずはありません」

ヴィーチャから離れたビジリが、よろよろと歩いて、抱きつくように迷宮主《アルワース》に触れる。

虎達が復活する兆《きざ》しもない。

「ああ、アル。本当に久しぶりだ。ずいぶんと一人ぼっちにさせてしまいましたね」

独白のように、ビジリが迷宮主《アルワース》に語り掛ける。

もはや抵抗もなく、無表情にされるがままの迷宮主《アルワース》。

傍目には古い友人同士の邂逅にも思えるが、現実は魔王イアスが『超大型ダンジョンコア』を掌握しているという状態である。

「アストル君、今なら大丈夫。あれを閉じてください」

「わかりました」

ビジリに促され、いまだに異界の景色を映し出す次元の裂け目を観察する。

要は、魔力《マナ》の乱れを正常化すればいいのだ……先ほどよりも裂け目が広がっているところを見ると、そう悠長にしていられないのは確かだが。

「ユユも、手伝う。魔法式を継ぐから、教えて？」

「どれ、吾輩も手伝うとしよう」

魔法に聡《さと》いユユとナナシが俺のそばへと駆けつけてくれたが……防御魔法の使いすぎだろう、二人からはかなりの消耗を感じる。

「大丈夫か？」

「後で主《マスター》から魔力《マナ》を奪うので問題ない」

「だいじょぶ。あと、少し、だから」

ナナシはともかく、ユユは少し心配だ。俺に合わせて無理をするきらいがあるからな。

「……えぇと、空間の安定と、環境魔力《マナ》の平常化？　それと……隔絶空間の形成かな？　でも、空間形成は、ユユには無理そう、かも」

「奥様は研究熱心だね。では、環境魔力《マナ》の流動安定をお任せしよう。魔法を使う要領で、周囲の魔力《マナ》濃度を一定に」

「ん。それなら、だいじょぶそう。アストル、ナナシ、がんばろ」

言うが早いか、ユユはいくつかの簡易な魔法式を形成して魔力《マナ》コントロールをはじめる。いつの間にそんな技術を覚えたのか。

「それならアタシにも手伝えそうね。手伝うわ、ユユ」

そしてこれも驚きなのだが、ミントまでもその隣に座り込んで魔法式を形成しはじめた。

ナナシの夢教育の賜物だな。

「ぼーっと感心している場合ではないよ、主《マスター》。隔絶空間の形成から始めよう。魔法式の新しい設計が必要だ」

「古代魔法に空間を切り貼りして攻撃を防ぐ魔法があったはずだ。あれを改変して作ってしまおう」

ナナシに活を入れられて、俺は矢継《やつ》ぎ早《ばや》にいくつかの魔法を展開する。

ユユとミントが周囲の魔力《マナ》を保ってくれているので、魔法式は安定させやすい。

……しかし、かなり大がかりになりそうだ。

俺達が数人でやっている作業を、向こう側ではナーシェが一人でしなくてはならない。

『ガーヤト・アル＝ハキーム』があるとはいえ、大丈夫だろうか？

実は、あれと一緒に『ダンジョンコア』も一つ押し付けてあるのだが、よく考えると向こうで機能するかは不明だ。

それでも今は、レオンとナーシェを信じるしかない。

「よし、完成。じゃあ……閉じていくよ」

不自然に広げられたものなので、ある程度正常化させてやれば、閉じるのは簡単な魔法式でいい。

空間の正常化は古代魔法である〈空間と場の安定化《フィールドスタビリティ》〉で可能だ。

少しばかり重めの魔法だが、ありとあらゆる魔法的・超自然的な空間異常を正常化させるこの魔法は、この状況にも有効だった。

おそらく、かつて世界がもっと不安定だった時は、自分の生活圏を守る手段だったのだろう。

飴細工を割るようにパキパキと音を立てながら、まるで割れたステンドグラスが元通りになるかのように、次元の割れ目は修復されていき……最後にはすっかりと閉じて迷宮の壁へと戻った。

「終わった、ね？」

「ああ、あとは……『シェラタン・コア』だな」

ユユに頷いて振り返ると、紅い宝石の塊となったそれが静かに浮かんでいた。

そのそばに佇むビジリが、人好きのする小さな笑みを俺達に向ける。

「本当にご苦労様でした。……ついに、『シェラタン・コア』を手に入れました。これで私こそが真の魔王となったのです」

——まさか、と俺達の間に緊張が走る。

その様子を見て、ビジリが肩を揺らして笑った。

「いい、反応です。満足しました」

それが冗談《ジョーク》だと気が付くのに、一瞬の間を要した。

「もう、驚かさないでよ！」

「ビックリ、した」

ユユとミントがため息をつき、俺も一気に脱力してしまった。

「俺もだ。あんな冗談を言うなんて……」

ビジリさんらしくない、と言おうとしてその〝らしくなさ〟の違和感が大きくなる。

……何かを隠しているのか？

「さて、それでは『シェラタン・コア』を正常化します。あとは任せましたよ、ヴィクトール」

「任せられても困る。……が、この場にいるエルメリアの王家筋は今や私一人だ。責任はとるさ」

少し疲れた顔ではあるが、ヴィーチャが深く頷く。

その横顔は決意に満ちて、すでに王の貫禄《かんろく》すらあった。きっと、彼に任せておけば、エルメリアは復興するだろう。

そう思ったからこそ……俺は違和感を口にした。

「……ビジリさん、ちょっと待って」

「どうしました？　アストル君」

「もしかして、あなたは伝説の魔導師《アルワース》と同じことをしようとしていませんか？」

問いかけに、ビジリが困ったような笑顔を見せた。

それが肯定であることを、俺達はこれまでの関わり合いで知っている。

「ビジリ？　どういうことだ？」

同じく聞かされていなかったらしいヴィーチャが詰め寄る。

「『シェラタン・コア』は魔王たるシリクの力で一部が汚染されました。これを制御するのに、アルの力だけでは及ばないんです。彼はレムシリアの地脈《レイライン》との対話者であって、異界の瘴気《ミアズマ》の制御者ではないから」

少しばかり人の姿を残した『シェラタン・コア』に触れて、ビジリが寂しげに笑う。

「なので、今度は私がそれを制御するパーツとしてこれに加わります」

「そんなことをすれば……！」

「ヴィクトール、王としての責任をとるのでしょう？　で、あれば、私も責任をとらなくては。これは、かつて私が友に押し付けた役目です」

一度言葉を切り、俺達を見回す。

懐かしそうに、どこか愛おしげな目で。

「私は消えますが、それによって前回の『淘汰』を完全に超えたこととなります。そして、私が『シェラタン・コア』と同化すれば、今回の『淘汰』を退《しりぞ》けられるかもしれません。レムシリアにとっては、良いことずくめです」

それは違う、と叫びそうになって……俺は口を噤《つぐ》んだ。

魔法使いとして、そして今回の『淘汰』に対する者の一人として、その選択が最良であるということは容易にわかった。

どうやら、俺という人間は賢人という人でなしが板についてきたらしい。恩人で、友人で、何より理解者であるビジリという男と、世界を秤にかけて納得してしまえるのだから。

「私達が元居た世界は、とうの昔に『淘汰』されています。レムシリアに来た我々は救えなかった世界の元勇者であり、この世界にとっての魔王であり、敗北者で逃亡者でした。レムシリアという領域《リージョン》が拡大する中で、私達の世界は弾き出され、泡沫《うたかた》の如く消え去ったのです」

――勇者。

世界を救う運命にある者。

レオンが救うのは、果たしてどちらの世界なのだろう。

いや、彼ならきっと両方の世界を救ってくれるはずだが……こういう結末もありえたのだと、痛感させられる。

「シリクはこのレムシリアを恨んだ。苦悶《くもん》に塗り替え、押しつぶし、改悪して同じく滅べばいいと。でも、私は違った。絶望し、立ち止まり、慟哭《どうこく》した私に手を差し伸べてくれる――異郷の私に手を差し伸べてくれる人達がいた。それが、とてもとても、温かなものだと気が付いた私は……終わった世界よりも、このレムシリアの一部になりたいと願った」

ああ、それで……

それできっと、『シェラタン・コア』たるアルワースは、この異郷の勇者に『ビジリ』を与えたんだ。

彼がこの世界で、この世界の一部として生きていけるように。

何もかもを忘れさせて、何もかもを封じ込めて、ただ一人の、人間として生きるために。

「だから、そんな顔をしないでください。私は、もう充分に報《むく》われた。この人生の最後に、あなた方のような人達にまた出会えたことを、幸運に思います」

「ビジリさん……！」

姉妹は黙り込んでいる。

ヴィーチャも何も言わないが、俺と同じ判断のようだ。

王としての決断が、友人としてそれを止めることをさせない。

この光景は、きっと二千年前にもあったのだろう。

伝説の魔導師《アルワース》が『シェラタン・コア』となる時、きっとエルメリア初代王も、ビジリも、このようなやるせなさを覚えたに違いない。

「それに、もう体が保《も》ちそうにありません。無駄死になるくらいなら、あなた方の役に立ってみせますよ」

柔和な笑みを浮かべたビジリの身体が『シェラタン・コア』へと重なっていく。

「……私の二つ目の故郷を……お願い……し……ま」

最後の言葉は消え入るように、ふわりと空《くう》に消えた。

「うううう」

我慢していたミントが、愚図《ぐず》りだした。

その隣では、ユユも小さく肩を震わせている。

別れの瞬間まで、それをこらえていただけ上出来だろう。

俺達にとってビジリは、困っている時にそっと支えてくれる、本当にできた……兄のような人だった。

肩を並べて戦うのは今日が初めてだったが、いつだって俺達に〝必要な物を必要な時に必要なだけ準備〟してくれる、魔導書『ガーヤト・アル＝ハキーム』のような人だった。

そう思い至って、俺は納得する。

……ああ、そうか。ビジリは、アルワースのようになりたかったんだ。

彼の選択は正しい。

そして、いずれ必要に迫られれば……俺も、あの選択をせねばならない。

それが託された者の責任だ。

「……成すべきことを、成そう。ビジリがいない今、頼りにさせてもらうぞ、アストル」

「ああ、わかっているさ」

俺の返事を確認したヴィーチャが、『シェラタン・コア』に触れる。

「問題ないと、思う。使用権限の設定を改変。〝魔導師《マギ》〟アストルおよび、以後その資格者も追加」

「お、おい……ヴィーチャ、それは」

「保険だ。もしうっかり私がどこかでダメになった時は、座り心地のすこぶる悪い玉座《イス》に座る覚悟をしてくれ」

どこか寂しげに笑って俺の肩を叩くヴィーチャ。

俺にも覚悟を決めろと、そういうことなのだろう。

「さぁ、王国を取り戻そう」

ヴィーチャの声に頷く。

とりあえずは、差し迫った脅威を取り除かなくては。

そう無理矢理に自分を納得させて、俺はほんのりと紅く輝く『シェラタン・コア』に触れた。

エピローグ　新たな伝承

「久しぶりだ、アストル」

そわそわと椅子に座る俺に、目の前の男が、気安い調子で声をかけてくる。

主役を食い散らかしそうなほどに礼服が似合った彼の名はヴィクトール。エルメリア王国の国王をやっている男だ。

彼の父である前エルメリア王は、『シェラタン・デザイア』深部で『悪性変異《マリグナント》』と化し、命を落としていたことが後にわかった。母達のパーティがそれを討ったのだが、公《おおやけ》にはされていない。

そんなわけで、今はヴィーチャが玉座に座っている。

「ご機嫌麗しく、エルメリア王」

恭《うやうや》しく一礼する俺を見て、ヴィーチャが苦笑する。

「よしてくれ。でなければ今度こそ君に玉座を投げつけてやる」

「せっかく再建した国がまた滅びますよ」

お互いに小さく笑い合う。

あの『シェラタン・デザイア』の戦いから一年が経っていた。

エルメリアはいまだ復興の道半ばにあるが、徐々に活気を取り戻しはじめている。

むしろ、腐敗した貴族連中がこぞっていなくなったせいで、前よりも良くなったと評する人間がいるくらいだ。

今回の件で王都では多数の犠牲が出たものの、王国全体で見ると、ミレニアやリックをはじめとする反抗組織《レジスタンス》が、各地で被害をもたらす『悪性変異《マリグナント》』に対して大きな戦果を挙げていた。

また、事前に周辺各国に情報を提供していたのも、俺達に有利に働いたようだ。

停戦状態とはいえ、戦争中であるはずの隣国グラスからすら援軍や支援物資が早い段階で届いた。

怪我の功名と言うべきか、これを機に新王ヴィクトールはグラス首長国連邦と友好関係を成立させ、争いの火種になっていた少しばかりの国境地帯をかの国に提供することで、戦争を終結させた。

どうせ人員不足で満足に統治できないのだから、お礼にくれてやれ……と、大雑把な考えであったらしいと後にわかったが、それがグラスに新王の懐の広さを見せることになったようだ。懸念されていたモーディア皇国の侵攻に睨みを利かせているのは、今や友好国となったグラスの軍である。

レオンとナーシェリアがどうなったかは俺には知る術《すべ》がないが、きっと向こうで幸せに暮らしているだろう。

「それで、今日のお祝いなんだが……サプライズで君に侯爵の地位を」

「謹《つつし》んでお断り申し上げるよ。いくら復興したって言っても、まだまだ不安定な時期なんだ。☆1なんかを貴族にしたら、また反乱になる」

あの件は、表向き〝復活した魔王シリクがリカルド王子に化けて侵攻を開始した〟ということになっている。

ヴィクトール王子とナーシェリア王女が八人の勇者を率いてこれに相対して討ち取ったが、勇者三人と王女が戦死した……そんな内容の歌を吟遊詩人に広めてもらっている。


新王ヴィクトールが率いるは、九人の勇者。

新王の剣となりし〝真なる英雄〟グランゾル。

魔王と相討ちし勇敢なる〝蒼の闘士〟レオン。

姫を守り、命を散らした忠義の騎士〝鉄壁盾《てっぺきたて》〟デフィム。

新王の元に駆け付けし歴戦の勇士〝妙剣《みょうけん》〟エインズ。

戦場を駆ける美しき剣士、双子星の姉〝紅眼《こうがん》の戦乙女《いくさおとめ》〟ミント。

勇者を光に導きし麗しき魔法使い、双子星の妹〝導きの乙女〟ユユ。

黒き魔物の軍勢を断ち切る〝斬鉄《ざんてつ》〟レンジュウロウ。

影に潜みし聖なる暗殺者〝青影《あおかげ》〟チヨ。

命賭《いのちと》した大魔法にて光もたらす〝大魔導〟アルワース。


……といった風にだ。

詩だけでなく、絵本や劇としても広げて、民衆の耳目に触れるようにした。

荒廃したエルメリアには、新たな王を根付かせるためのプロパガンダと娯楽《ごらく》が必要だったし、ヴィクトールを英雄として盛大に持ち上げて疲弊《ひへい》した国を一致団結させる必要があったのだ。

詳しい話を民衆が知ることは、今後もない。

「……とはいえ、だ。全く報賞なしでは心苦しいではないか」

「それについては何度も説明して謝ったじゃないか、ヴィーチャ」

エルメリア王国のためにだけに行動したのではない。『淘汰』を乗り越えるために必要だからやったことだ、と。

『シェラタン・コア』の使用権限が俺にも与えられた以上、目的はこれ以上ないくらいに達せられている。

向こうへ行ったレオンとナーシェリアが上手くやってくれたのか、魔王との戦い以降、『次元重複現象』らしい出来事も起きていない。とはいえ、今後も備えは必要だ。

それにモーディア皇国が存在する以上、全てが終わったというわけにはいかない。

魔王シリクの息がかかったあの国をどうにかしなくては、俺は彼らとの約束を果たせないと考えている。

「アストル、エルメリアに戻ってきてくれないか」

直球な言葉に、どうしたものかと思案する。

モーディア皇国をどうこうしようと思えば、エルメリア王国は最前線だ。復興も進んでいて、あと二、三年もしたらモーディア皇国に対して戦略的行動がとれるようになるだろう。

だが、長年にわたって蔓延った☆1に対する差別と偏見は根強い。

西の国《ウェストランド》では、学園都市《ウェルス》を中心に現在☆に対する正しい知識の普及が行なわれている最中で、俺や他の☆1が引っ張り出されてデモンストレーションをさせられたりもした。

しかし、中央議会も含めてそれを疑問視する人間は後を絶たない。

社会心理を研究する賢人が言うには〝プライド〟と〝恐怖〟が、今後もしばらくは☆1を排斥《はいせき》し続けるだろうということだ。それこそ、魔王シリクや『カーツ』がやったように……長い長い時間をかけることでしか問題を解決できない、というのが彼の見解だ。

「俺はエルメリア王国に戻るつもりはないよ」

「きっと、君達にとって住みやすい場所にしてみせる」

「ヴィーチャが頑張ってくれているのは知っている。☆差別の改善に取り組んでいることもね。……でも、やっぱり俺は学園都市《ここ》で賢人を続けるよ」

ありとあらゆる異変の情報がここに集まってくる。

学園都市《ウェルス》は、全ての知識と学問が集まる場所だからだ。

つまり、世界に何かしらの異変があれば、その観測情報はすぐさまこの都市へと届けられるということである。

「だけど、勘違いしないでくれ。友人として、賢人として……あの時、あの場所に居合わせた者として、エルメリアの力になりたいとは思っているんだ。モーディア皇国に対する時は、俺もエルメリアに行くと誓うよ」

「……頑固だな、〝魔導師《マギ》〟殿は」

「エルメリアにはラクウェイン侯爵も、リックやミレニアもいるじゃないか。☆1の俺が出る幕はないよ」

塔が立ち並ぶ街並みを見ながら、俺は苦笑する。

「そのヴィーミル卿もバーグナー卿も、早く君を呼べとせっついてくるんだけどね？」

「諦めの悪い奴らだ。大体、☆1の俺に貴族なんか務まるはずないだろ……。賢人だって結局有耶《うや》無耶《むや》の上に居座っているようなものなのに」

俺の言葉に王様が苦笑を返す。

「私は君には充分な資質があると思うが？　今すぐ玉座を譲ってもいいくらいだ」

「冗談。『淘汰』の監視をしながら王様なんてできるものか。それにもうすぐ、いくつかの魔法が完成する。それを使えば、『淘汰』に対してもっとイニシアチブをとれるはずだ」

「そう言われると、一介の王が口出しするのは憚られるな……。やれやれ、今回も勧誘は諦めよう。奥様方にもエルメリアに来てほしいんだけどな」

小さなため息をついて、苦笑するヴィクトール王。

口ひげなど生やして、すっかり王様然としているのに、どこか冒険者のような風情《ふぜい》が抜けないのはご愛嬌《あいきょう》か。

「それより、そろそろお暇《いとま》するよ。式場で、また」

「ああ。ヴィーチャ。今日は来てくれてありがとう」

軽く手を振って部屋を後にするエルメリア王を見送って、俺は再びそわそわしはじめる。

だが今度は、そう長くは続かなかった。

ヴィーチャが出て行ってほどなくして、扉がノックされる。

跳ねるように椅子から立った俺は、緊張しながらゆっくりと扉を開いた。

そこに姿を現したのは、純白のドレスで着飾ったユユとミント。

「二人とも、よく似合っている」

「アストルも、かっこいい、よ」

同じデザインのウエディングドレス、そして同じ花冠をその身に纏った姉妹が、揃って少しはにかんだ笑顔を見せる。

「結局、髪型も合わせたんだな」

「その方が『双子嫁』っぽいからって、ユユがさ」

「よく似合っているよ」

「そ、そう？」

まんざらでもなさそうなミント。

ぎりぎりまで〝アタシはいいって！　結婚式は二人でなさい〟なんてゴネていたのが嘘のようだ。

「それじゃあ、そろそろ向かおう。もうみんな待ってる」

「うん」

「アタシ、緊張してきたかも……」

柔らかに微笑むユユと、少し強張った表情のミントが、それぞれ俺に腕を絡ませる。

「ね、アストル」

「ん？」

「ユユね、幸せだよ」

微笑むユユに、胸が高鳴る。

いつだって彼女《ユユ》が手を引いてくれたから、俺は立ち上がることができた。

「アタシもよ、アストル」

そう笑う彼女《ミント》がいつも背を押してくれたから、俺は進むことができた。

だから、俺は二人を小さく抱き寄せて告白する。

「こんなに愛しい人が二人もいて、二人ともが今日を幸せだと言ってくれる。だから俺は、世界一の幸せ者に違いないよ」

「もう、またそうやって面倒くさいことを言う。素直に嬉しいって言いなさいよ」

「アストルらしくて、いい。だいじょぶ、いっぱい幸せに、する」

姉妹から抱擁を返されて、温かなものが心に広がるのを感じる。

この温もりがあれば、どんな困難も乗り越えて行けると、そう確信した。

「俺の精一杯で二人を幸せにするよ。……約束する」

いつものように、〝できる範囲でできるだけ〟などとは言わない。

全てをかけて二人を幸せにしてみせる。

「うん。これからも、一緒だよ、アストル」

「ずっとよ！　もう、離れないからね」

二人を抱きしめたまま、発動待機《ストック》しておいた魔法でふわりと浮き上がる。

このままでは式に遅れてしまうからな。

「アストル？」

「この魔法、は……？」

「今日のために〝花嫁二人を抱えたまま式場までスムーズに浮遊移動できる魔法〟を開発しておいたんだ。さぁ、行こう」

「「……またヘンな魔法創《つく》ってる」」

双子らしくハモってクスリと笑い合う姉妹を抱えたまま、俺は式場へと向かう。

魔法で滑空《かっくう》しながら現れた俺達に、会場内は大きな騒ぎとなった。

まさかそこまで驚かれるとは、想定外だ。

そんな周囲に笑いながら、姉妹が声を揃えた。

「「アストルは、すごいんだから！」」

月が導く異世界道中
Tsukiga Michibiku Isekai Dochu
あずみ圭
Azumi Kei
1~16
8.5
TVアニメ化!
2021年7月7日放送開始!
TOKYO MX・MBS・BS日テレほか
CV 深澄 真:花江夏樹
巴:佐倉綾音 澪:鬼頭明里
監督:石平信司 アニメーション制作:C2C
レシート応募プレゼント
キャンペーン実施中!!
2021年6月4日~2021年9月30日まで
詳しくはこちら
●各定価:1320円(10%税込)
●illustration:マツモトミツアキ
1~16巻好評発売中!!
漫画:木野コトラ
●各定価:748円(10%税込) ●B6判
コミックス1~9巻好評発売中!!

いずれ最強の錬金術師？
SOMEDAY WILL I BE THE GREATEST ALCHEMIST?
1~10
小狐丸
KOGITSUNEMARU
地味～な生産職志望の僕に付与されたのは、
聖剣から空飛ぶ船まで、
何でも造れる最強スキル
錬金術!!
コミックス
1～3巻
好評発売中!
1～10巻
好評発売中!
勇者召喚に巻き込まれ、異世界に転生した僕、タクミ。不憫な僕を哀れんで、女神様が特別なスキルをくれることになったので、地味な生産系スキルをお願いした。そして与えられたのは、錬金術という珍しいスキル。まだよくわからないけど、このスキル、すごい可能性を秘めていそう……!? 最強錬金術師を目指す僕の旅が、いま始まる!
いずれ最強の錬金術師？
小狐丸
地味～な生産職志望の僕に付与されたのは、
聖剣から空飛ぶ船まで、何でも造れる
最強スキル 錬金術!!
第10回アルファポリスファンタジー小説大賞 読者賞受賞作
圧倒的第1位
……僕、のんびり暮らしたいだけなんだけど
◉各定価：1320円（10％税込）
◉Illustration：人米
いずれ最強の錬金術師？
1
原作 小狐丸
漫画 ささかまたろう
聖剣から万能薬までなんでも造れる
最強の生産スキル
錬金術発動
10万部突破!
大人気ファンタジー、待望のコミカライズ第1弾!
◉各定価：748円（10％税込）
◉漫画：ささかまたろう B6判

ネットで話題沸騰！
アルファポリスWeb漫画
面白い漫画が毎日読める!!
ALPHAPOLIS
アルファポリス
COMICS
原作 柳内たくみ 漫画 竿尾悟
ゲート
GATE
自衛隊 彼の地にて、斯く戦えり
原作 あずみ圭 漫画 木野コトラ
月が導く異世界道中
原作：秋川滝美
漫画：しわすだ
居酒屋ぼったくり
BOTTAKURI
原作 霜月雹花 漫画 華尾ス太郎
愛され王子の異世界ほのぼの生活
Aisareoji no isekai honobono seikatsu
原作 朝比奈和 漫画 川越マチコ
転生王子はダラけたい 学園
原作 まるずし 漫画 海産物
8/24
連載開始！
無限のスキルゲッター！
人気連載陣
● THE NEW GATE
● 素材採取家の異世界旅行記
● 異世界ゆるり紀行
～子育てしながら冒険者します～
● いずれ最強の錬金術師？
● 追い出された万能職に新しい人生が始まりました
● 勘違いの工房主
● 装備製作系チートで異世界を自由に生きていきます
and more...
原作 椎名ほわほわ
漫画 六堂秀哉
とあるおっさんのVRMMO活動記
原作：金斬児狐
漫画：小早川ハルヨシ
Re:MONSTER
リ・モンスター
選りすぐりのWeb漫画が
無料で読み放題！
今すぐアクセス！
アルファポリス 漫画
検索
アルファポリスアプリ
スマホでも漫画が読める！
App Store/Google play
でダウンロード！

この作品に対する皆様のご意見・ご感想をお待ちしております。
おハガキ・お手紙は以下の宛先にお送りください。

【宛先】
〒150-6008 東京都渋谷区恵比寿 4-20-3 恵比寿ｶﾞｰﾃﾞﾝﾌﾟﾚｲｽﾀﾜｰ 8F
（株）アルファポリス　書籍感想係

メールフォームでのご意見・ご感想は右のＱＲコードから、
あるいは以下のワードで検索をかけてください。

アルファポリス　書籍の感想　検索

ご感想はこちらから

本書は Web サイト「アルファポリス」（https://www.alphapolis.co.jp/）に投稿されたものを、改題、改稿、加筆のうえ、書籍化したものです。

落《お》ちこぼれ［☆1］魔法使《まほうつか》いは、今日《きょう》も無意識《むいしき》にチートを使《つか》う 8

右薙光介（うなぎこうすけ）

2021年 8月 31日初版発行

編集－仙波邦彦・宮坂剛
編集長－太田鉄平
発行者－梶本雄介
発行所－株式会社アルファポリス
〒150-6008 東京都渋谷区恵比寿4-20-3 恵比寿ｶﾞｰﾃﾞﾝﾌﾟﾚｲｽﾀﾜｰ8F
TEL 03-6277-1601（営業） 03-6277-1602（編集）
URL https://www.alphapolis.co.jp/
発売元－株式会社星雲社（共同出版社・流通責任出版社）
〒112-0005東京都文京区水道1-3-30
TEL 03-3868-3275
装丁・本文イラスト－M.B
装丁デザイン－AFTERGLOW
印刷－図書印刷株式会社

価格はカバーに表示されてあります。
落丁乱丁の場合はアルファポリスまでご連絡ください。
送料は小社負担でお取り替えします。

ISBN978-4-434-29274-3 C0093